À MARGEM DA LAGOA PRATEADA

À MARGEM DA LAGOA PRATEADA

Laura Ingalls Wilder

Tradução
Lígia Azevedo

Principis

Esta é uma publicação Principis, selo exclusivo da Ciranda Cultural
© 2023 Ciranda Cultural Editora e Distribuidora Ltda.

Traduzido do original em inglês
By the Shores of Silver Lake

Texto
Laura Ingalls Wilder

Editora
Michele de Souza Barbosa

Tradução
Lígia Azevedo

Preparação
Walter Sagardoy

Produção editorial
Ciranda Cultural

Diagramação
Linea Editora

Revisão
Fernanda R. Braga Simon

Ilustração
Fendy Silva

Imagens
graphixmania/shutterstock.com

Dados Internacionais de Catalogação na Publicação (CIP) de acordo com ISBD

W673m   Wilder, Laura Ingalls.

À margem da lagoa prateada / Laura Ingalls Wilder ; traduzido por Lígia Azevedo. - Jandira, SP : Principis, 2023.
192 p. ; 15,50cm x 22,60cm. (Os pioneiros americanos ; v. 5).

Título original: By the shores of silver lake.
ISBN: 978-65-5552-892-3

1. Literatura infantil. 2. Família. 3. Índio. 4. Literatura americana. 5 Aventura. I. Azevedo, Lígia. II. Título.

2023-1198

CDD 028.5
CDU 82-93

Elaborado por Lucio Feitosa - CRB-8/8803

Índice para catálogo sistemático:
1. Literatura infantil 028.5
2. Literatura infantil 82-93

1ª edição em 2023
www.cirandacultural.com.br
Todos os direitos reservados.
Nenhuma parte desta publicação pode ser reproduzida, arquivada em sistema de busca ou transmitida por qualquer meio, seja ele eletrônico, fotocópia, gravação ou outros, sem prévia autorização do detentor dos direitos, e não pode circular encadernada ou encapada de maneira distinta daquela em que foi publicada, ou sem que as mesmas condições sejam impostas aos compradores subsequentes.

Esta obra reproduz costumes e comportamentos da época em que foi escrita.

SUMÁRIO

Nota da tradução 7
Uma visita inesperada 9
Crescida 14
Andando de trem 18
O fim dos trilhos 26
O acampamento 31
Os pôneis pretos 36
O começo do oeste 43
O lago Silver 52
Ladrões de cavalos 58
Uma tarde maravilhosa 64
Dia de pagamento 75
Asas sobre o lago 84
Levantando acampamento 87
A casa dos agrimensores 94
O último homem 100
Dias de inverno 106
Lobos no lago 109
Pa encontra um terreno 113
O dia antes do Natal 116
A noite antes do Natal 122
Feliz Natal 126
Dias felizes de inverno 135
O caminho do peregrino 143

A corrida da primavera..150
A aposta de Pa...155
A onda de construções...159
Morando na cidade 164
Dia de mudança..172
A cabana na propriedade...177
Onde as violetas crescem..184
Mosquitos...189
As sombras da noite 191

Nota da tradução

Laura Ingalls Wilder começou a lançar a série de livros que a deixou famosa em 1932, com *Uma casa na floresta*. No entanto, a história de cunho autobiográfico se passa ainda antes, a partir dos anos 1870, quando a família da autora viveu em diferentes partes do interior dos Estados Unidos.

Tendo-se passado cento e cinquenta anos, é normal que os jovens leitores de hoje estranhem alguns pontos na narrativa. Em *À beira do lago* (1939), por exemplo, os contratados pela companhia ferroviária não têm direitos estabelecidos e assegurados. E Ma se mostra insensível ao fato de os lobos-dos-bisões estarem desaparecendo em razão da expansão do homem branco.

Tratava-se de um período em que a população branca vinha se expandindo do leste para o oeste do país, incentivada pelo governo. Esse processo teve efeitos terríveis sobre a população indígena, que foi sendo despojada de suas terras e acabou drasticamente reduzida. Em *À beira do lago*, a família de Laura não se encontra mais em território indígena, mas a narrativa, ainda assim, apresenta comentários preconceituosos em relação a eles, que são mais de uma vez comparados a lobos e chamados de selvagens. A pele de Grande Jerry, personagem com ascendência indígena, é comparada a couro, e Ma comenta, referindo-se a ele: "Sempre ouvi dizer que não se pode confiar em mestiços". Como a narração diz a seguir: "Ela não gostava de índios e não gostava de mestiços de índio".

É impossível ler a série de Laura Ingalls Wilder sem atentar para as questões raciais. Até hoje, indígenas continuam lutando por igualdade de status com a população branca, não só nos Estados Unidos, como também no Brasil.

Uma visita inesperada

Laura lavava a louça em uma manhã quando o velho Jack, que estava deitado ao sol na entrada da casa, rosnou para avisar que alguém se aproximava. Ela olhou para fora e viu uma carroça de passeio atravessando o cascalho no fundo do riacho.

– Ma – Laura chamou –, tem uma desconhecida vindo.

Ma suspirou. A casa bastante desarrumada a envergonhava, e envergonhava Laura também. Mas ela andava fraca demais, e a filha andava cansada demais, e ambas andavam tristes demais para tomar alguma atitude.

Mary, Carrie, Grace e Ma tinham contraído escarlatina. Os Nelsons, que viviam do outro lado do riacho, também, de modo que Pa e Laura não haviam podido contar com a ajuda de mais ninguém. O médico fizera visitas diárias, as quais Pa não sabia como iria pagar. Mas o pior de tudo fora que a doença deixara Mary cega.

Agora ela já conseguia sentar-se na velha cadeira de balanço de Ma, enrolada em cobertores. Tinham sido semanas enxergando cada dia menos, mas nem por isso Mary chorara. Embora já não pudesse ver nem a mais brilhante das luzes, mantinha a paciência e a coragem.

Seu lindo cabelo dourado se fora. Pa o havia raspado por causa da febre, o que a deixou parecendo um menino. Seus olhos azuis continuavam lindos, mas não sabiam o que havia diante deles. Mary nunca mais poderia usá-los para transmitir a Laura o que estava pensando sem dizer uma palavra.

– Quem pode ser a esta hora da manhã? – Mary perguntou, voltando-se na direção do barulho.

– É uma mulher sozinha, de touca marrom, em uma carroça puxada por um cavalo baio – Laura contou à irmã. Pa havia lhe dito que ela deveria ser os olhos de Mary.

– Temos algo para o jantar? – Ma perguntou, querendo saber se teriam algo para um jantar com companhia, caso a mulher ficasse lá.

Tinham pão, melaço e batatas. E só. Era primavera, o que significava que os vegetais da horta ainda não podiam ser colhidos. A vaca estava magra e sem leite, e as galinhas ainda não haviam começado a botar ovos. Restavam apenas alguns peixes pequenos no riacho.

Pa não gostava de terras velhas e exploradas, onde a caça era escassa. Queria ir para o oeste. Fazia dois anos que queria ir para o oeste, onde receberiam um lote de terra, mas Ma não queria deixar o território colonizado. E eles não tinham dinheiro. Haviam tido apenas duas colheitas pobres de trigo desde o ataque dos gafanhotos. Pa mal conseguia pagar as dívidas, e agora tinha de pagar o médico também.

Laura respondeu para Ma com firmeza:

– O que é bom para nós é bom para os outros também!

A carroça parou, e a desconhecida ficou sentada nela, olhando para Laura e Ma, que estavam à porta. Era uma mulher bonita e vestia um elegante vestido marrom estampado, além da touca. Laura sentiu vergonha de seus pés descalços, do vestido largo e das tranças desarrumadas. Então Ma disse, devagar:

– Minha nossa! Docia!

– Eu estava me perguntando se você me reconheceria – a mulher disse. – Já se passou bastante água debaixo da ponte desde que vocês deixaram Wisconsin.

Aquela era a bela tia Docia, que muito tempo antes havia usado um vestido com botões que pareciam amoras no baile na casa de vovô, na Grande Floresta de Wisconsin.

Ela havia se casado com um viúvo que trabalhava como empreiteiro na ferrovia que vinham construindo no oeste. Tia Docia percorria sozinha todo o caminho desde Wisconsin até o acampamento no território de Dakota.

Ela havia passado na casa deles para perguntar se Pa não queria ir também. Seu marido, tio Hi, precisava de um bom homem para cuidar da loja, ser o guarda-livros e controlar o horário dos trabalhadores. Pa poderia fazer aquilo.

– Paga cinquenta dólares por mês, Charles – ela falou.

As faces de Pa pareceram relaxar. Seus olhos azuis se iluminaram.

Ma continuava não querendo ir para o oeste. Ela olhou em volta na cozinha, para Carrie e Laura, que carregava Grace nos braços.

– Não sei, Charles – disse. – Parece bastante oportuno, cinquenta dólares ao mês. Mas já nos estabelecemos aqui. Temos a fazenda.

– Dê ouvidos à razão, Caroline – Pa suplicou. – No oeste podemos conseguir um lote de cento e sessenta acres onde viver. E a terra vai ser tão boa quanto esta ou melhor. Se o Tio Sam está disposto a nos dar uma fazenda em troca daquela de que nos expulsou, no território indígena, devemos aceitar. A caça é farta no oeste. Lá o homem consegue toda a carne que deseja.

Laura queria tanto ir que mal conseguia manter a boca fechada.

– Não podemos ir agora – Ma disse. – Mary não está forte o bastante para viajar.

– Sim – Pa disse. – Isso é verdade. O trabalho pode esperar? – ele perguntou a tia Docia.

– Não – ela respondeu. – Não, Charles. Hi precisa de alguém agora. É pegar ou largar.

– São cinquenta dólares por mês, Caroline – Pa disse. – E um terreno.

Pareceu passar um longo tempo antes que Ma dissesse, com gentileza:

– Bom, Charles, faça o que achar melhor.

– Eu aceito, Docia! – Pa se levantou e deu um tapa no próprio chapéu. – Sempre se dá um jeito. Vou falar com Nelson.

Laura ficou tão empolgada que nem conseguia mais fazer o trabalho da casa direito. Tia Docia se pôs a ajudá-la enquanto contava as novidades do Wisconsin.

A irmã dela, tia Ruby, havia se casado e tido dois meninos e uma menininha linda chamada Dolly Varden. Tio George era lenhador e trabalhava na margem do Mississippi. A família de tio Henry estava bem. Charley estava se revelando uma pessoa melhor do que o esperado, considerando como tio Henry o mimava. Vovô e vovó continuavam vivendo na mesma casa de toras de carvalho. Agora podiam pagar por uma casa de tábuas de madeira, mas vovô declarara que as boas e velhas toras de carvalho davam paredes melhores que tábuas finas.

Susan Preta, a gata que Laura e Mary deixaram para trás quando foram embora, continuava morando lá. A casinha de toras na floresta havia trocado de dono várias vezes e havia sido transformada em paiol, mas nada parecia capaz de convencer a gata a ir para outro lugar. Agora ela morava no paiol e tinha até engordado por causa de todos os ratos que pegava. Não havia uma família da região que não tivesse adotado um de seus filhotes. Todos eram bons caçadores de ratos e tinham orelhas grandes e rabos compridos, como a própria Susan Preta.

Quando Pa voltou, o jantar estava pronto, e a casa estava varrida e arrumada. Ele havia vendido a fazenda. Nelson ia pagar duzentos dólares em dinheiro por ela, e Pa estava exultante.

– Podemos pagar tudo o que devemos, e ainda vai sobrar algum dinheiro – ele falou. – O que acha disso, Caroline?

– Espero que dê tudo certo, Charles – Ma respondeu. – Mas como...

– Eu lhe digo como! – Pa a interrompeu. – Já pensei em tudo. Partirei com Docia amanhã de manhã. Você e as meninas ficam aqui até que Mary recupere as forças. Por uns dois meses, vamos dizer. Nelson concordou em levar nossas coisas até a estação quando vocês forem pegar o trem.

Laura ficou olhando para ele. Assim como Carrie e Ma.

– O trem? – Mary disse.

Elas nunca haviam sonhado em viajar de trem. Laura sabia que as pessoas viajavam de trem, claro. Eles descarrilavam com frequência, e passageiros morriam. Laura não estava exatamente com medo – estava mais para animada. Mas os olhos de Carrie se arregalaram de susto.

Tinham visto o trem percorrer a pradaria, a locomotiva soltar fumaça preta em nuvens compridas. Tinham ouvido seu rugido, seu apito forte e claro. Se quem segurava as rédeas não se mantivesse firme, os cavalos fugiam quando viam o trem chegando.

Ma disse, com seu jeito calmo:

– Tenho certeza de que vamos nos arranjar com Laura e Carrie me ajudando.

Crescida

Havia muito a fazer depois da partida de Pa na manhã seguinte. Ele instalou os antigos arcos na carroça e puxou a lona – que já estava quase rasgando, mas sobreviveria àquela viagem curta – para cobri-los. Tia Docia e Carrie ajudaram a carregar a carroça, enquanto Laura lavava e passava as roupas e assava biscoitos para o caminho.

Jack só ficava olhando para tudo aquilo. Estavam ocupados demais para notar o velho buldogue, até que Laura deparou com ele no trajeto entre a casa e a carroça. Ele não brincou, inclinou a cabeça ou sorriu, como costumava fazer. Manteve-se firme nas patas rígidas, porque agora sofria de reumatismo. Sua testa estava enrugada de tristeza, e o que lhe restava de rabo estava caído.

– Bom e velho Jack – Laura disse a ele, que não abanou o rabo e só ficou olhando para ela, triste. – Olhe, Pa. Olhe o Jack.

Ela se inclinou e fez carinho na cabeça do cachorro. Os pelos finos ali agora estavam cinza. Primeiro fora o focinho que ficara cinza, depois o maxilar, e agora nem suas orelhas eram mais marrons. Jack recostou a cabeça em Laura e suspirou.

De repente, ela se deu conta de que o velho cachorro não tinha mais energia para ir andando sob a carroça até o território de Dakota. Jack estava preocupado diante da visão da carroça pronta para partir em outra viagem. Estava velho e cansado.

– Pa! – Laura gritou. – Jack não consegue ir tão longe. Ah, Pa, não podemos deixar Jack!

– É verdade que ele não vai aguentar – Pa disse. – Não pensei nisso. Vou tirar o comedouro daqui e abrir espaço para que venha dentro da carroça. O que acha disso, companheiro?

Jack balançou o rabo uma vez, por educação, e virou a cabeça para o outro lado. Não queria ir, nem que fosse dentro da carroça.

Laura se ajoelhou e o abraçou como costumava fazer quando ainda era pequena.

– Jack! Jack! Vamos para o oeste! Não quer ir para o oeste outra vez, Jack?

O cachorro sempre ficara ansioso e animado quando via Pa colocando a cobertura na carroça. Avançara sob a carroça o caminho todo de Wisconsin ao território indígena e depois de volta a Minnesota. Trotara à sombra do veículo, atrás dos cascos dos cavalos. Atravessara riachos e rios nadando. Toda noite, guardara a carroça enquanto Laura dormia lá dentro. Toda manhã, mesmo que suas patas estivessem doloridas de tanto caminhar, ele ficava feliz em ver o sol nascendo e os cavalos sendo arreados. Estava sempre pronto para um novo dia de viagem.

Agora, ele se recostava em Laura e roçava o focinho em sua mão para pedir um pouco de carinho. Ela alisou sua cabeça cinza e coçou suas orelhas, sentindo o cansaço do cachorro.

Laura vinha negligenciando Jack desde que Mary e Carrie, e depois Ma, tinham contraído escarlatina. Ele sempre a ajudara quando estava em apuros, mas não tinha o que fazer com a doença que tomava conta da casa. Talvez houvesse passado aquele tempo todo se sentindo solitário e esquecido.

– Não era minha intenção, Jack – ela disse, e o cachorro a entendeu.

Os dois sempre se entendiam. Jack havia cuidado de Laura quando ela era pequena, e a havia ajudado a cuidar de Carrie quando esta era um bebê. Sempre que Pa partia, Jack ficava com Laura para cuidar dela e do restante da família. Era o cachorro dela, principalmente.

Laura não sabia como explicar a Jack que ele precisava deixá-la e ir com Pa na carroça. Talvez ele não compreendesse que ela iria depois, de trem.

E não podia ficar muito tempo com Jack agora. Tinha muito trabalho a fazer. Naquela tarde toda, Laura disse "Bom menino" para Jack sempre que podia. Ela também lhe ofereceu um bom jantar. E, depois de lavar a louça e deixar a mesa pronta para o café da manhã seguinte, arrumou a cama dele.

A cama de Jack era uma manta antiga, que antes pertencera aos cavalos. O cachorro dormia ali desde que haviam se mudado para aquela casa, porque Laura dormia no sótão, e ele não conseguia subir a escada até lá. Já fazia cinco anos. Laura sempre mantinha a cama de Jack arejada, limpa e confortável, mas ultimamente andava um pouco esquecida. Jack tentara arrumá-la sozinho, mas a manta estava toda embolada.

O cachorro ficou olhando para Laura enquanto ela consertava aquilo. Sorria e balançava o rabo, feliz que estivessem fazendo sua cama. Laura montou um ninho redondo e deu algumas batidinhas nele para mostrar que estava pronto.

Jack subiu na manta e deu uma volta no lugar. Fez uma pausa para descansar as pernas rígidas e se virou de novo, devagar. Sempre dava três voltas no lugar antes de se deitar para dormir à noite. Fazia aquilo na Grande Floresta, quando era jovem, e na grama sob a carroça durante as viagens. Era o tipo de coisa que os cachorros faziam.

Ele parecia muito cansado quando se virou pela terceira vez. Então se deitou com um baque e um suspiro. Mas manteve a cabeça erguida para olhar para Laura.

A menina acariciou a cabeça dele e pensou em como Jack tinha sido bom para ela. A presença dele fazia com que Laura se sentisse protegida dos lobos e dos índios. Jack também a havia ajudado inúmeras noites a levar as vacas de volta para casa. Os dois tinham sido muito felizes brincando nas margens do riacho ou nadando na piscina natural onde o velho e destemido caranguejo morava. Quando ela voltava da escola, sempre encontrava Jack esperando no vau do riacho.

– Bom menino – Laura disse a ele.

O cachorro virou a cabeça para tocar a mão dela com a ponta da língua. Depois afundou o focinho entre as patas, suspirou e fechou os olhos. Queria dormir.

Na manhã seguinte, quando Laura desceu a escada com uma lanterna, Pa estava saindo para fazer suas tarefas. Ele falou com Jack, que nem se mexeu.

Seu corpo rígido e frio continuava encolhido sobre a manta.

Eles o enterraram no leve declive além do campo de trigo, perto do caminho pelo qual costumava correr alegremente quando ia buscar as vacas com Laura. Pa cobriu com terra a caixa em que estava o corpo de Jack, deixando um monte liso e uniforme. A grama cresceria ali depois que todos tivessem ido para o oeste. Jack nunca mais cheiraria o ar da manhã ou sairia correndo pela grama curta com as orelhas erguidas e um sorriso no rosto. Nunca mais cutucaria a mão de Laura com o focinho para indicar que queria um carinho. Por inúmeras vezes ela poderia ter feito carinho em Jack sem que ele pedisse, mas não fizera.

– Não chore, Laura – Pa disse. – Ele está caçando nos campos agora.

– Acha mesmo, Pa? – Laura conseguiu perguntar.

– Bons cachorros são recompensados – ele garantiu a ela.

Talvez Jack estivesse correndo alegre em alguma pradaria, com o vento batendo nele, como costumava correr nas belas pradarias do território indígena. Talvez ele finalmente estivesse pegando uma lebre. Havia tentado tantas vezes pegar um daqueles animais de orelhas e patas longas, mas nunca fora bem-sucedido.

Naquela manhã, Pa foi embora na velha carroça, atrás de tia Docia. Jack não estava ao lado de Laura, vendo a partida dele. Só havia um vazio ali, em vez dos olhos do cachorro lhe dizendo que ele estava ali para cuidar dela.

Foi então que Laura soube que não era mais uma menininha. Estava sozinha e deveria cuidar de si mesma. Quando isso acontece, quando você tem de fazer isso, é porque está crescida. Laura não era muito grande, mas tinha quase treze anos e não tinha mais a quem recorrer. Pa e Jack tinham ido embora; Ma precisava de ajuda para cuidar de Mary e das meninas e para garantir que todas chegassem em segurança ao oeste.

Andando de trem

Quando a hora chegou, Laura mal podia acreditar. As semanas e os meses tinham parecido infinitos, mas de repente haviam passado. O riacho, a casa, todos os montes e campos que ela conhecia tão bem tinham ficado para trás: ela nunca mais iria vê-los. Os últimos dias – fazendo as malas, limpando, esfregando, lavando e passando a ferro – e o banho e a troca de roupa no último minuto estavam superados. Limpas, bem-vestidas e com as roupas engomadas na manhã de um dia de semana, elas se sentaram no banco da sala de espera enquanto Ma comprava as passagens.

Em uma hora, estariam em um dos vagões do trem.

Havia duas malas na plataforma ensolarada, do lado de fora da sala de espera. Laura mantinha os olhos nelas e em Grace, como Ma havia ordenado. Grace se mantinha sentada, usando um vestidinho branco de cambraia engomada e uma touca, com os pés se destacando em sapatinhos novos. Diante do guichê, Ma contava o dinheiro que tinha na bolsinha.

Era preciso pagar em dinheiro para viajar de trem. Elas não pagariam nada para viajar de carroça, e aquela seria uma bela manhã para desbravar estradas nela. Era setembro, e nuvens pequenas corriam pelo céu. Todas as meninas estavam na escola naquele momento – elas veriam o trem passar e saberiam que Laura estava nele. Trens eram mais rápidos do que cavalos correndo. Iam tão depressa que com frequência descarrilavam. Os passageiros nunca sabiam o que ia acontecer.

Ma guardou as passagens em sua bolsinha de madrepérola e a fechou com cuidado. Estava muito bonita com seu vestido escuro de musselina de lã com renda branca no colarinho e nos punhos. Seu chapéu preto de palha tinha aba estreita e virada para cima e um cacho de lírios-do-vale brancos de um lado. Ela se sentou e pegou Grace no colo.

Agora não havia nada a fazer a não ser esperar. Tinham chegado uma hora antes para garantir que não perderiam o trem.

Laura alisou o vestido. Era de calicô marrom com estampa de florzinhas vermelhas. Seu cabelo estava dividido em duas tranças castanhas compridas com um laço de fita vermelha na ponta que caíam por suas costas. Ela também tinha uma fita vermelha em volta do chapéu.

O vestido de Mary era de calicô cinza com estampa de florzinhas azuis. Seu chapéu de palha de aba larga tinha uma fita azul. Sob o chapéu, seu cabelo curto estava preso para trás com uma fita azul. Os belos olhos azuis de Mary não viam nada. Mas ela disse:

– Não se remexa, Carrie, ou vai amassar seu vestido.

Laura se esticou para olhar para Carrie, que estava sentada depois de Mary. Pequena e magra, ela usava um vestido de calicô cor-de-rosa, laços cor-de-rosa nas tranças castanhas e um chapéu com uma fita cor-de-rosa. Corou na mesma hora, porque Mary estava certa. Laura gostaria de dizer: *Você saiu a mim, Carrie! Remexa-se o quanto quiser!*

Então o rosto de Mary se iluminou de alegria, e ela disse:

– Ma, Laura está se remexendo também! Sei disso mesmo sem enxergar!

– É verdade, Mary – Ma disse, e Mary abriu um sorriso satisfeito.

Laura ficou com vergonha de ter se chateado com Mary em pensamento. Não disse nada. Só se levantou e passou diante de Ma, que teve de lembrá-la:

– Peça licença, Laura.

– Com licença, Ma. Com licença, Mary – a menina disse, com educação, e foi sentar-se ao lado de Carrie, que se sentiu mais segura entre Laura e Mary.

Carrie estava morrendo de medo de andar de trem. Claro que nunca admitiria aquilo, mas Laura sabia que estava.

– Ma... Pa vai nos encontrar, não é? – Carrie perguntou, com timidez.

– Sim – Ma confirmou. – Mas vai levar um dia inteiro para chegar do campo. Vamos esperar por ele em Tracy.

– Ele... ele vai chegar antes que anoiteça, Ma? – Carrie perguntou.

Ma disse que esperava que sim.

Ninguém sabia o que ia acontecer quando entrava em um trem. Não era como iniciar uma viagem de carroça. Laura reuniu coragem e disse:

– Talvez Pa já tenha escolhido nosso terreno. Por que não diz como acha que é, Carrie, e depois eu digo como acho que é?

Elas não conseguiam se concentrar direito na conversa, porque ficavam o tempo todo à espera do barulho do trem chegando. Finalmente, Mary disse que achava que o tinha ouvido. Então Laura escutou um zumbido vago a distância. Seu coração acelerou tanto que ela mal conseguia ouvir Ma.

Ma já segurava Grace no colo com um braço e pegava a mão de Carrie com a outra mão.

– Laura, me siga com Mary. Tomem cuidado!

O trem se aproximava, e o barulho era cada vez mais alto. Elas ficaram ao lado das malas na plataforma, assistindo à chegada dele. As mãos de Ma estavam ocupadas, e Laura precisava apoiar Mary. O vidro dianteiro arredondado da locomotiva brilhava ao sol, parecendo um olho enorme. A chaminé se erguia e terminava em uma abertura larga, de onde saía uma fumaça preta. De repente, a fumaça saiu branca, e o apito soou, em um grito longo e selvagem. Aquela coisa rugindo vinha correndo na direção delas, cada vez maior, sacudindo tudo com seu barulho.

Até que o pior havia passado. O trem não as havia atingido: passava rugindo por elas, sobre rodas enormes. Ouviram-se solavancos e estrépitos ao longo dos vagões de carga e dos vagões abertos, até que o trem parou de se mover. Estava ali, e elas precisavam embarcar.

– Laura! – Ma chamou, incisiva. – Tomem cuidado, você e Mary!

– Sim, Ma, pode deixar – Laura disse.

Ansiosa, ela guiou a irmã um passo por vez pela plataforma, de olho na saia de Ma. Quando a saia parou, Laura parou Mary.

Tinham chegado ao último vagão, ao fim do trem. Degraus davam acesso a ele, e um homem esquisito, usando um terno escuro e quepe, ajudava Ma a subir com Grace no colo.

– Opa! – ele exclamou, passando Carrie para Ma. – Essas malas são da senhora?

– Sim, por favor – Ma disse. – Venham, Laura e Mary.

– Quem é ele, Ma? – Carrie perguntou, enquanto Laura ajudava Mary a subir os degraus.

Estavam amontoadas em um espaço pequeno. O homem passou alegremente por ela, carregando as malas, e abriu a porta do vagão.

Elas o seguiram por entre duas fileiras de assentos de veludo vermelho ocupados. As laterais dos vagões eram quase só de janelas, de modo que lá dentro era quase tão iluminado quanto lá fora. O sol batia sobre as pessoas e o veludo vermelho.

Ma se sentou em um assento de veludo vermelho e ajeitou Grace em seu colo, depois disse a Carrie para se sentar ao lado dela.

– Laura, você e Mary podem ficar no banco à minha frente.

Laura guiou Mary, e as duas se sentaram. O assento tinha molas. A vontade de Laura era de pular em cima dele, mas sabia que precisava se comportar. Ela sussurrou:

– Mary, os bancos são de veludo vermelho!

– Eu vi – Mary disse, passando as pontas dos dedos no tecido. – O que é aquilo ali na frente?

– É o encosto do banco da frente. Também é de veludo vermelho – Laura disse a ela.

Ouviu-se um apito, e as duas pularam no lugar. O trem estava se preparando para partir. Laura se ajoelhou no banco e se virou para ver Ma, que parecia calma e muito bonita em seu vestido escuro com colarinho de renda clara acompanhado do chapéu com florzinhas brancas.

– O que foi, Laura? – Ma perguntou.

– Quem era aquele homem? – Laura perguntou.

– O guarda-freio – Ma disse. – Agora se sente e...

O trem sacolejou, jogando-a para trás. O queixo de Laura bateu com tudo no encosto, e seu chapéu tombou na cabeça. O trem sacolejou de novo, agora menos, depois começou a tremer e a se mover.

– Está andando! – Carrie gritou.

O tremor ficou cada vez mais rápido e barulhento. A estação ficou para trás, e as rodas começaram a vencer o tempo. Rub-dub-dub, rub-dub-dub, elas faziam, cada vez mais rápido. O depósito de madeira, os fundos da igreja e a fachada da escola ficaram para trás. Foi a última vez que viram a cidade.

O vagão inteiro chacoalhava agora, no mesmo ritmo do barulho das rodas abaixo. Fumaça preta saía da chaminé. Um fio de telégrafo subia e descia do lado de fora. Na verdade, só dava a impressão de subir e descer. Estava preso a puxadores de vidro verde que cintilavam ao sol e ficavam escuros quando a fumaça passava por eles. Além do fio, passavam campos, gramados, casas de fazenda e celeiros ocasionais.

Seguiam tão rápido que Laura não conseguia ver nada até que já estivesse para trás. Em uma hora, aquele trem era capaz de percorrer mais de trinta quilômetros – tanto quanto cavalos em um dia inteiro de viagem.

A porta se abriu, e um homem alto entrou. Usava casaco azul com botões de latão e um quepe com "condutor" escrito na frente. Ele ia parando a cada assento para verificar as passagens e fazia furos nelas usando uma maquininha que tinha na mão. Ma entregou a ele três passagens. Carrie e Grace eram tão pequenas que ainda não precisavam pagar.

Quando o condutor seguiu em frente, Laura disse, baixo:

– Ah, Mary! O casaco dele tem um monte de botões brilhantes de latão. E está escrito "condutor" no quepe dele!

– Ele também é alto – Mary comentou. – A voz dele estava longe.

Laura comentou com ela como os postes de telégrafo passavam rápido.

– O fio cai um pouco entre eles e depois sobe de novo. – Laura começou a contar: – Um... dois... três... É nessa velocidade que eles passam.

– Sei que estamos indo rápido – Mary disse, animada. – Dá para sentir.

Na terrível manhã em que Mary não conseguira nem ver o sol, Pa havia dito que Laura deveria ser os olhos dela. "Seus olhos são rápidos, assim como sua língua, e você vai usar ambos a favor de Mary", ele dissera. Laura prometera que faria aquilo, e agora tentava ser os olhos da irmã. Raras vezes Mary precisava pedir a ela: "Veja em voz alta para mim, Laura, por favor".

– Há janelas dos dois lados do vagão, bem próximas umas das outras – Laura dizia agora. – Cada janela tem uma placa de vidro grande. A madeira entre as janelas brilha como se fosse vidro também, de tão limpa.

– Ah, estou vendo – Mary disse, tocando o vidro e depois a madeira reluzente com as pontas dos dedos.

– A luz do sol entra inclinada pelas janelas ao sul, em faixas largas que cobrem os assentos de veludo vermelho e os passageiros. Alguns raios batem no chão. Eles aparecem e desaparecem. Acima das janelas, a madeira brilhante se curva dos dois lados. No meio, o teto é mais alto. Também há umas janelinhas compridas, dá para ver o céu azul por elas. Do outro lado das janelas maiores, de ambos os lados, passam campos amarelados. Há pilhas de feno do lado de fora dos celeiros. Há árvores amarelas e vermelhas ao redor das casas.

"Agora vamos ver as pessoas", Laura prosseguiu. "Na nossa frente há uma cabeça com uma careca em cima e costeletas compridas. O homem está lendo o jornal. Não olhou nenhuma vez pela janela. Mais para a frente, há dois jovens de chapéu. Estão olhando para um mapa grande e branco que seguram aberto, e falam sobre ele. Acho que também estão atrás de um terreno. Os dois têm mãos ásperas e calejadas; devem trabalhar duro. Mais para a frente ainda há uma mulher com cabelo bem loiro e… Ah, Mary! Ela está usando um chapéu de veludo vermelho com rosas cor-de-rosa…"

Então alguém passou, e Laura olhou para cima.

– Acabou de passar um homem magro com sobrancelhas eriçadas, bigode comprido e pomo de adão pronunciado. Ele nem consegue andar em linha reta, de tão rápido que o trem está indo. O que será que… Ah, Mary! Ele virou uma torneirinha na parede ao fim do vagão e saiu água dela!

"A água está caindo em uma caneca. Agora ele está bebendo. O pomo de adão está se mexendo. Ele vai encher a caneca de novo. É só virar a torneirinha que a água sai. Como você acha que… Mary! Ele deixou a caneca em uma prateleirinha. E agora está voltando."

Depois que o homem passou, Laura tomou uma decisão. Perguntou se podia beber água, e Ma disse que sim. Então ela se levantou.

Também era incapaz de andar em linha reta. O balanço do vagão a obrigou a se agarrar ao encosto dos bancos pelo caminho inteiro. Quando chegou ao fim do vagão, ela olhou para a torneirinha brilhante e a prateleirinha sob ela, onde ficava a caneca. Abriu só um pouquinho, e água saiu na mesma hora. Laura fechou a torneira, e a água parou de sair. Havia um buraco na prateleirinha, para escoar a água que derramasse. Laura nunca havia visto algo tão fascinante. Era tudo tão bem-feito, tão maravilhoso, que ela queria encher a caneca de novo e de novo. Mas seria um desperdício de água. Portanto, depois de beber, ela só colocou água até a metade da caneca, para não derramar, e a levou com todo o cuidado até Ma.

Carrie bebeu, Grace também. Elas não queriam mais, e Ma e Mary não estavam com sede. Portanto, Laura levou a caneca de volta. O tempo todo, o trem continuava correndo, e os campos ficavam para trás. O vagão sacolejava, mas Laura não precisou se segurar a nenhum assento ao passar. Já conseguia andar quase tão bem quanto o condutor. Certamente ninguém desconfiava de que nunca havia estado num trem.

Então um garoto se aproximou pelo corredor, com uma cesta no braço. Ele parou e a mostrou para os passageiros. Alguns pegaram coisas da cesta e deram dinheiro a ele. Quando o garoto chegou a Laura, ela viu que a cesta estava cheia de caixas de doce e tiras compridas de chiclete. O menino mostrou a cesta a Ma e disse:

– Quer um doce, senhora? Ou chiclete?

Ma fez que não com a cabeça. O garoto abriu uma caixa e mostrou os doces coloridos que havia dentro. Carrie soltou um ruidinho ávido sem perceber.

O garoto sacudiu a caixa, mas não derrubou nenhum doce. Eram lindos doces de Natal, vermelhos, amarelos e até listrados de vermelho e branco.

– São só dez centavos, senhora – o garoto disse.

Laura e Carrie sabiam que não podiam comer doce. Estavam apenas olhando. De repente, Ma abriu a bolsa, contou as moedas e as pôs na mão dele. Ela pegou a caixa de doces e a entregou a Carrie.

Quando o garoto foi embora, Ma disse, como uma desculpa por ter gastado tanto:

– Temos que comemorar nossa primeira viagem de trem.

Grace estava dormindo. Ma disse que bebês não deviam comer doce, de qualquer maneira. Ela mesma pegou só um doce pequeno. Carrie foi se sentar com Laura e Mary para dividir o restante com elas. Cada uma comeu dois. Elas queriam comer só um cada e guardar o outro para o dia seguinte, mas algum tempo depois Laura decidiu provar o segundo dela. Depois Carrie fez o mesmo, e Mary foi a última a ceder. Assim, acabaram com os doces.

Ainda estavam lambendo os dedos quando ouviram um assovio longo e alto. O vagão reduziu a velocidade, enquanto passavam por algumas cabanas. Os passageiros começaram a recolher suas coisas e colocar o chapéu. De repente, o trem parou com um sacolejo terrível. Era meio-dia, e eles tinham chegado a Tracy.

– Espero que os doces não tenham tirado o apetite de vocês, meninas – Ma disse.

– Não trouxemos nada para comer, Ma – Carrie a lembrou.

– Vamos comer no hotel – Ma respondeu, distraída. – Vamos, Laura. Tome cuidado com Mary.

O fim dos trilhos

Pa não esperava por elas naquela estranha estação. O guarda-freios deixou as malas na plataforma e disse:

– Se esperar um minuto, senhora, posso acompanhá-las até o hotel. Estou indo para lá também.

– Obrigada – Ma disse, grata.

O guarda-freios ajudou a desatrelar a locomotiva do trem. O foguista, todo vermelho e sujo de fuligem, inclinou-se para fora da máquina para ver. Depois ele puxou uma corda. A locomotiva seguiu em frente sozinha, fumegando ao som do sino. Mas logo parou, e Laura não conseguiu acreditar no que viu. Os trilhos de aço e as ligaduras de madeira faziam a volta. Traçavam um círculo no chão até que os trilhos ficavam retos de novo e a locomotiva se encontrava virada no sentido contrário.

Laura ficou tão impressionada que nem conseguiu descrever a Mary o que estava acontecendo. A locomotiva fumegava em trilhos que seguiam ao lado do trem parado. Passou por ele e foi um pouco mais à frente. O sino soou, homens gritaram e fizeram movimentos com os braços, e a locomotiva voltou e bum! – encaixou do outro lado do trem. Ali estavam eles, o trem e a locomotiva, agora virados para o leste.

Carrie ficou de queixo caído. O guarda-freios riu para ela, simpático.

– Tem um girador ali – ele disse. – Este é o fim dos trilhos, por isso temos que virar a locomotiva para levar o trem de volta.

É claro que aquilo precisava ser feito, mas Laura nunca havia pensado a respeito. Agora ela sabia o que Pa queria dizer quando falava dos tempos maravilhosos em que viviam. Nunca na história do mundo houvera tantas maravilhas, ele falava. Em uma manhã, elas haviam feito uma viagem de uma semana. Laura tinha visto um cavalo de metal dar meia-volta para cobrir o trajeto contrário naquela mesma tarde.

Por um minuto, ela quase desejou que Pa trabalhasse nos trens. Não havia nada tão maravilhoso quanto a ferrovia. Aqueles trabalhadores eram homens importantes, capazes de conduzir máquinas enormes e vagões rápidos e perigosos. Mas claro que nem mesmo eles eram melhores ou maiores que Pa. Na verdade, Laura não queria que ele fosse nada além do que era.

Havia uma longa fila de vagões de carga nos trilhos além da estação. Homens enchiam carroças com o conteúdo deles. Todos pararam de repente e desceram. Alguns gritaram, e um jovem grandalhão começou a cantar o hino preferido de Ma. Só que com outra letra. Ele cantava:

> *Há uma pensão*
> *Não muito longe da ferrovia*
> *Onde servem presunto e ovos*
> *Três vezes ao dia.*
>
> *Uau!, todos costumam falar*
> *Quando ouvem o sino do jantar*
> *E os ovos começam a cheirar!*
> *Três vezes...*

Alguns homens o acompanhavam enquanto ele cantava aquelas palavras chocantes, mas, quando viram Ma, todos pararam. Ela passou em silêncio, carregando Grace no colo e segurando a mão de Carrie. O guarda-freios ficou envergonhado e disse depressa:

– É melhor nos apressarmos, senhora. Acho que ouvi o sino do jantar.

O hotel ficava em uma ruazinha depois de algumas lojas e de alguns terrenos desocupados. Uma placa na calçada dizia "hotel". Embaixo dela, um homem tocava um sino. Ele continuou tocando. As botas dos homens faziam barulho na rua empoeirada e nas tábuas da calçada.

– Ah, Laura, é tão ruim quanto parece? – Mary perguntou, trêmula.

– Não – Laura disse. – Está tudo bem. É só uma cidade, e são só homens.

– Parece tão rústico – Mary disse.

– Estamos à porta do hotel – Laura disse a ela.

O guarda-freios entrou na frente e deixou as malas no chão, que precisava ser varrido. Papel marrom cobria as paredes. Havia um calendário com uma imagem reluzente de uma moça bonita em um campo de trigo bem amarelo. Os homens passavam por uma porta aberta que dava em um salão com uma mesa comprida coberta por uma toalha branca, posta para o jantar.

O homem que havia tocado o sino disse a Ma:

– Sim, senhora! Temos lugares para vocês. – Ele levou as malas para trás do balcão. – Gostaria de se lavar antes de comer?

Havia um lavatório em uma salinha apertada, com um jarro de porcelana grande dentro de uma bacia de porcelana grande e uma toalha pendurada na parede. Ma molhou um lenço limpo e lavou o rosto e as mãos de Grace, depois seu rosto e suas mãos. Ela esvaziou a bacia em um balde ao lado do lavatório e voltou a enchê-la com água fresca para Mary e depois para Laura. Era gostosa a sensação da água fria no rosto cheio de poeira e fuligem. A água da bacia ficou quase preta. Só tinham um pouco de água para cada uma – o jarro ficou quase vazio. Ma o devolveu à bacia quando Laura terminou. Todas se enxugaram na toalha, que era muito bem pensada: ficava em um rolo e tinha as pontas costuradas, para que sempre houvesse uma parte seca.

Chegara a hora de ir para o salão. Laura estava com medo e sabia que Ma, também. Era estranho ficar com tantos desconhecidos.

– Estamos todas limpas e arrumadas – Ma disse. – Agora se lembrem das boas maneiras.

Ela foi primeiro, com Grace no colo. Carrie a seguiu, depois Laura, levando Mary consigo. Os barulhos altos da refeição se reduziram quando elas entraram no salão, mas quase nenhum homem olhou. Ma conseguiu encontrar cadeiras vazias, e todas se sentaram lado a lado na mesa comprida.

Por toda a mesa, que estava coberta por uma toalha branca, havia telas em forma de colmeia. Sob cada uma delas havia um prato de carne ou vegetais. Havia pratos de pão e manteiga, pratos de picles, jarros com calda, jarros com creme e tigelas de açúcar. Havia um pedaço de torta em um pratinho para cada pessoa. As moscas voavam e zumbiam em torno das telas, mas não conseguiam chegar à comida do outro lado.

Todos foram muito simpáticos e passaram a comida. Os pratos iam de mão em mão até Ma. Ninguém dizia nada, a não ser para murmurar "De nada, senhora" quando ela dizia "Obrigada". Uma garota lhe entregou uma caneca de café.

Laura cortou a carne de Mary em pedaços pequenos e passou manteiga em seu pão. Os dedos de Mary davam conta do garfo e da faca, e ela não derramou nada.

Era uma pena que a ansiedade lhes tirasse o apetite. O jantar custava vinte e cinco centavos por pessoa, e elas podiam comer tudo o que quisessem, sendo que a oferta era grande. Mas só comeram um pouco. Em alguns minutos, todos os homens haviam terminado sua torta e ido embora. A garota que havia levado o café para Ma começou a recolher os pratos e levá-los para a cozinha. Era grande e bem-humorada. Tinha rosto largo e cabelo loiro.

– Imagino que tenham vindo por um lote de terra – ela disse.

– Sim – Ma respondeu.

– Seu marido está trabalhando na ferrovia?

– Sim – Ma confirmou. – Ele vai vir nos encontrar nesta tarde.

– Imaginei que fosse isso – a garota disse. – É engraçado terem vindo nesta época do ano. A maior parte das pessoas vem na primavera. A menina mais velha é cega? Que pena. Bom, tem uma sala de visitas na frente do escritório. Podem ficar esperando seu marido lá, se quiserem.

A sala de visitas tinha carpete no chão e papel de parede florido. As cadeiras tinham estofado vermelho-escuro. Ma afundou em uma cadeira de balanço com um suspiro aliviado.

– Grace está pesada. Sentem-se, meninas, e fiquem quietinhas.

Carrie se sentou em uma cadeira ao lado de Ma, enquanto Mary e Laura se sentaram no sofá. Ficaram todas em silêncio, para que Grace tirasse sua soneca da tarde.

Havia um abajur com pé de latão na mesa de centro, cujos pés curvados terminavam em bolas de vidro sobre o carpete. As cortinas de renda estavam abertas, o que permitia que Laura pudesse ver a pradaria e a estrada que a atravessava. Talvez Pa fosse chegar por ali. Se fosse o caso, seria por onde iriam embora também. Em algum lugar, muito além do que Laura podia enxergar, algum dia viveriam todos em sua nova casa.

Laura preferiria não fazer nenhuma parada. Preferiria seguir em frente, até o fim, aonde quer que fosse.

A tarde foi longa, mas elas se mantiveram em silêncio na sala de visitas enquanto Grace dormia. Carrie dormiu um pouco também, e até Ma pegou no sono. O sol já estava quase se pondo quando uma parelha e uma carroça surgiram na estrada. Aos poucos, o conjunto foi ficando maior. Grace tinha acordado, e todas ficaram observando pela janela. Quando a carroça já estava do tamanho normal, elas viram que era a carroça de Pa e que ele a dirigia.

Como estavam no hotel, não podiam sair correndo para recebê-lo. Logo ele entrou, dizendo:

– Olá! Aí estão minhas meninas!

O acampamento

Na manhã seguinte, estavam todos na carroça, indo para o oeste. Grace se sentou entre Ma e Pa no assento acolchoado, e Mary se sentou entre Carrie e Laura em uma tábua na parte de dentro.

Viajar de trem era mais rápido e refinado, mas Laura preferia a carroça. Pa não a tinha coberto para a viagem daquele dia. Tinham todo o céu acima, e a pradaria se estendia para todos os lados, com algumas poucas fazendas espalhadas. A carroça seguia devagar, de modo que dava tempo de ver tudo. E podiam todos conversar confortavelmente.

Os únicos barulhos eram o bater dos cascos dos cavalos e os rangidos da carroça.

Pa disse que o primeiro contrato de tio Hi havia terminado e que ele partiria para um novo acampamento, mais a oeste.

– Os homens já se foram. Há só mais um punhado além da família de Docia. Vão derrubar as últimas cabanas e levar a madeira em alguns dias.

– Então vamos junto? – Ma perguntou.

– Em alguns dias – Pa respondeu. Ele ainda não tinha procurado por um terreno. Queria um mais a oeste.

Laura não tinha muito o que narrar para Mary. Os cavalos seguiam a estrada que cruzava a pradaria. Ao lado havia sempre o aterro onde ficariam os trilhos. Ao norte, os campos e as casas pareciam os de onde tinham vindo, só que mais novos e menores.

O frescor da manhã havia passado. O tempo todo, solavancos e sacudidelas da carroça tinham efeito na tábua em que estavam sentadas. Parecia que o sol nunca tinha subido tão devagar. Carrie suspirou. Seu rostinho oval estava pálido. Não havia nada que Laura pudesse fazer por ela. As duas tinham de se sentar nas extremidades da tábua, onde balançava mais, para que Mary ficasse no meio.

Finalmente, o sol estava a pino, e Pa parou os cavalos perto de um riacho. Era bom ficar parado. O riacho sussurrava, e os cavalos mastigavam a aveia no comedouro nos fundos da carroça. Ma esticou um tecido na grama quente e abriu a lancheira. Tinha pão, manteiga e ovos cozidos e pedacinhos de papel com sal e pimenta.

O almoço terminou rápido demais. Pa levou os cavalos para beber água, enquanto Ma e Laura recolhiam as cascas de ovo e os pedaços de papel para deixar tudo imaculado. Pa arreou os cavalos e gritou:

– Todos a bordo!

Laura e Carrie queriam poder caminhar um pouco, mas não disseram nada. Sabiam que Mary não conseguiria acompanhar a carroça, e não podiam deixá-la sozinha quando não enxergava nada. Elas a ajudaram a subir e se sentaram cada uma de um lado da irmã.

A tarde foi mais longa que a manhã. Até que Laura disse:

– Achei que estivéssemos indo para o oeste.

– E estamos, Laura – Pa disse, surpreso.

– Achei que seria diferente – ela explicou.

– Espere só até sairmos do território colonizado – Pa disse.

Carrie suspirou e disse:

– Estou cansada. – Então se endireitou e se corrigiu: – Mas não muito.

Ela não queria reclamar.

Um balancinho não é nada de mais. Eles mal notavam quatro quilômetros balançando quando iam até a cidade a partir de sua antiga casa. Mas todos aqueles sacolejos, do nascer do sol ao meio-dia, do meio-dia ao pôr do sol, eram cansativos.

A escuridão caiu, mas os cavalos continuaram avançando, as rodas continuaram girando, a tábua continua chacoalhando. Havia estrelas no céu. O vento estava frio. Estariam todas dormindo se o balançar da tábua permitisse. Por um longo tempo, ninguém disse nada. Então Pa comentou:

– Ali está a luz da cabana.

Muito à frente, havia uma luzinha em meio à escuridão. As estrelas eram grandes, mas sua luz era fria, enquanto aquele brilhinho era quente.

– É uma luz amarela, Mary – Laura disse. – Está brilhando a distância, no escuro, para que sigamos em frente, porque há uma casa ali, e gente.

– E comida – Mary disse. – Tia Docia deve ter mantido o jantar quente para nós.

Muito devagar, a luz cresceu. Agora brilhava estável e redonda. Depois de um longo tempo, pareceu quadrada.

– Agora dá para ver que é uma janela – Laura disse a Mary. – É uma casa comprida e baixa. Tem mais duas casas compridas e baixas no escuro. Só consigo ver isso.

– Este é o acampamento. – Em seguida, Pa disse para os cavalos: – Alto!

Eles pararam na mesma hora, sem dar nem mais um passo. Os sacolejos pararam também. Tudo parou. Só restava a escuridão, fria e imóvel. Luz saiu por uma porta, e tia Docia disse:

– Venham, Caroline, meninas! Prenda os cavalos logo, Charles. A comida está esperando!

O frio e a escuridão haviam penetrado os ossos de Laura. Mary e Carrie também se moviam com rigidez, tropeçando, bocejando. Lá dentro, uma lamparina iluminava uma mesa comprida, bancos e paredes de tábua. A casa estava quentinha e cheirava ao jantar no fogo. Tia Docia disse:

– Bem, Lena e Jean, não vão dizer nada a suas primas?

– Como vão? – Lena disse.

Laura, Mary e Carrie responderam:

– Bem, e você?

Jean era um menino de onze anos, mas Lena era um ano mais velha que Laura. Seus olhos eram pretos e espertos; seu cabelo era tão preto quanto possível e cacheava naturalmente. Sua franja era toda enrolada, o topo da cabeça era ondulado, e as pontas de suas tranças, também. Laura gostou dela.

– Você gosta de andar a cavalo? – Lena perguntou a Laura. – Temos dois pôneis pretos. Cavalgamos neles, e me deixam conduzi-los também. Jean não pode, porque é muito pequeno. Meu pai não deixa que ele pegue a carroça. Mas eu posso pegar, e amanhã vou buscar a roupa lavada. Você pode vir junto amanhã se quiser.

– Eu quero! – Laura disse. – Se Ma deixar. – Ela estava sonolenta demais para perguntar se podiam sair com a carroça dos tios no dia seguinte para buscar a roupa lavada. Tão sonolenta que mal conseguiu se manter acordada para jantar.

Tio Hi era gordo, simpático e tranquilo. Tia Docia falava bem rápido. Tio Hi tentava acalmá-la, o que só a fazia falar mais rápido ainda. Ela estava brava porque ele havia trabalhado o verão inteiro e não tinha conseguido nada.

– Ele se matou de trabalhar! – tia Docia disse. – Levou seus próprios cavalos, nós dois economizamos muito, e agora a companhia diz que estamos devendo dinheiro! Como podemos estar em dívida depois de um verão de trabalho duro? Para piorar, ofereceram outro contrato, e Hi aceitou! Foi o que ele fez! Simplesmente aceitou!

Enquanto tio Hi tentava acalmar a esposa, Laura tentava manter-se acordada. Os rostos oscilavam, e as vozes saíam finas. Seu pescoço levantou sua cabeça. Quando o jantar acabou, Laura foi cambaleando ajudar a lavar a louça, mas tia Docia disse que ela e Lena podiam ir para a cama.

Não havia espaço para Laura e Lena na cama, nem para Jean. Ele ia ficar no alojamento, com os homens. Lena disse:

– Venha, Laura! Vamos dormir na tenda do escritório!

Lá fora, era tudo grande, escuro e frio. O alojamento parecia baixo e escuro sob o céu, e a tenda do escritório parecia fantasmagórica à luz das estrelas. Também parecia muito distante à luz da cabana.

A tenda estava vazia. Havia apenas a grama sob seus pés e paredes de lona que se inclinavam até o pico. Laura se sentia perdida e solitária. Não se importaria de dormir na carroça, mas não gostava da ideia de dormir no chão de um lugar desconhecido. Queria que Pa e Ma estivessem ali.

Lena achava muito divertido dormir em uma tenda. Ela se deitou na mesma hora, sobre um cobertor aberto na grama. Laura murmurou, com sono:

– Não vai tirar a roupa?

– Para quê? – Lena perguntou. – Vamos ter de colocar de novo amanhã de manhã. E não temos cobertas aqui.

Laura se deitou sobre o cobertor e dormiu profundamente. De repente, ela acordou assustada. Da imensa escuridão da noite vinha um uivo selvagem de arrepiar.

Laura não sabia o que era. Seu coração quase parou de bater.

– Você não assusta a gente! – Lena gritou. Depois disse para Laura: – É Jean, tentando nos assustar.

Jean gritou de novo.

– Vá embora, menino! Não fui criada na floresta para ter medo de coruja! – Lena gritou de volta.

– Rá! – Jean gritou para elas.

Laura relaxou e voltou a dormir.

Os pôneis pretos

Laura acordou com o sol que atravessava a lona da tenda e batia em seu rosto. Ela abriu os olhos no mesmo instante em que Lena abria os dela. As duas se olharam e deram risada.

– Depressa! Vamos buscar as roupas hoje! – Lena cantarolou, colocando-se de pé em um pulo.

Elas não tinham tirado a roupa, por isso não precisaram se vestir. Dobraram o cobertor, e a cama estava feita. Então saíram saltitando para a brisa da manhã.

As cabanas pareceram pequenas sob o sol. A estrada e o aterro onde ficariam os trilhos levavam para leste e oeste; ao norte, as gramíneas lançavam sementes aladas. Os homens desmontavam uma cabana com o ruído agradável de tábuas batendo. Os dois pôneis pretos pastavam, presos em meio à grama ao vento, com crina e cauda pretas e esvoaçantes.

– Temos de tomar café primeiro – Lena disse. – Vamos, Laura! Corra!

Todos estavam à mesa, com exceção de tia Docia, que fazia panquecas.

– Vão se lavar e pentear os cabelos, suas dorminhocas! O café está na mesa, mas não graças a você, sua preguiçosa. – Rindo, tia Docia deu um tapinha em Lena quando ela passou. Tinha acordado de tão bom humor quanto tio Hi.

O café da manhã foi animado. A risada alta de Pa lembrava sinos repicando. Mas, depois, sobraram pilhas de pratos para lavar!

Lena disse que aquilo não era nada em comparação com a louça que vinha lavando três vezes ao dia para quarenta e seis homens. No meio-tempo, ela ainda cozinhava. Lena e tia Docia tinham de acordar antes de o sol nascer e ficavam acordadas até tarde, mas nem assim davam conta de todo o trabalho, motivo pelo qual tia Docia passara a contratar alguém para lavar a roupa. Era a primeira vez que Laura ouvia falar naquele tipo de coisa. A esposa de um colono lavava as roupas para tia Docia. Morava a cinco quilômetros de distância, portanto dirigiriam por dez quilômetros.

Laura ajudou Lena a levar os arreios até a carroça e depois os pôneis. Ela ajudou a arreá-los, colocar os freios, as coleiras e os protetores nos rabos. Depois Lena e Laura levaram os pôneis à carroça e os prenderam aos balancins. As duas subiram na carroça, e Lena assumiu as rédeas.

Pa nunca havia deixado Laura dirigir. Dizia que ela não era forte o bastante para conter os animais caso saíssem correndo.

Assim que Lena pegou as rédeas, os pôneis pretos começaram a trotar animados. As rodas da carroça viravam depressa, e o vento soprava fresco. Passarinhos passavam voando e cantando, mergulhavam nas gramíneas balançando. Os pôneis iam cada vez mais rápido, e as rodas, também. Laura e Lena riam felizes.

Os pôneis relincharam e saíram correndo.

A carroça foi junto, quase lançando Laura para fora do assento. Sua touca caiu para trás, mas ficou presa pelo laço em seu pescoço. Ela se agarrou à beirada do assento. Os pôneis continuavam a toda a velocidade.

– Eles estão correndo! – Laura gritou.

– Que corram! – Lena gritou, batendo as rédeas. – Não vão encontrar nada além de grama aqui! Ei! Oi! Vamos, vamos! – ela gritava.

As longas crinas e os longos rabos pretos balançavam ao vento. Os cascos batiam, a carroça voava. Tudo passava rápido demais para ser visto. Lena começou a cantar.

> *Conheço um jovem bem vivo*
> *Cuidado! Ah, cuidado!*
> *Ele pode ser muito prestativo*
> *Cuidado! Ah, cuidado!*

Laura nunca tinha ouvido aquela música, mas logo estava cantando o refrão a plenos pulmões.

> *Cuidado, menina, ele está enganando você!*
> *Cuidado! Ah, cuidado!*
> *Não confie nele, ou vai se perder!*
> *Cuidado! Ah, cuidado!*

– Vamos, vamos, vamos! – elas gritavam, mas os pôneis não tinham como ir mais rápido: seguiam na velocidade máxima.

Lena continuou cantando:

> *Eu não me casaria com um fazendeiro*
> *Porque eles nunca têm dinheiro!*
> *É melhor com um homem da estrada*
> *que usa camisa listrada!*

> *Ah, um homem da estrada,*
> *um homem da estrada pra mim!*
> *Vou me casar com um homem da estrada*
> *e serei uma noiva enfim!*

– É melhor eu deixar os pôneis descansar – ela disse, então puxou as rédeas até que os animais reduzissem a marcha a um trote e depois uma caminhada lenta. Tudo parecia silencioso e lento.

– Queria poder dirigir – Laura disse. – Sempre quis, mas Pa não deixa.

– Você pode dirigir agora – Lena ofereceu, generosa, mas então os pôneis voltaram a relinchar e sair correndo. – Você pode dirigir na volta – Lena prometeu.

Cantando e gritando, elas atravessaram a pradaria correndo. Sempre que Lena fazia os pôneis desacelerarem para respirar, eles voltavam a disparar. Em pouquíssimo tempo, elas chegaram à cabana da mulher.

Tinha um único cômodo e era todo de tábuas de madeira. O teto pendia para um lado, de modo que parecia meia casinha. As pilhas de trigo logo atrás, que os homens debulhavam com uma máquina barulhenta, eram maiores que a casa. A mulher saiu e foi até a carroça, com um cesto de roupa lavada na mão. Seu rosto, seus braços e seus pés descalços eram tão marrons quanto couro. Seu cabelo estava despenteado; seu vestido era largo e estava desbotado e sujo.

– Perdoem minha aparência – ela disse. – Minha filha se casou ontem, os debulhadores vinham hoje, e eu tinha de lavar toda a roupa. Estou correndo desde antes do nascer do sol. O trabalho mal começou por aqui, e não tenho mais minha filha para me ajudar.

– Lizzie se casou? – Lena perguntou.

– Sim, Lizzie se casou ontem – a mãe disse, com orgulho. – O pai dela acha que treze anos é pouco, mas ela arranjou um bom homem, e acho que é melhor se assentar cedo. Eu mesma me casei jovem.

Laura olhou para Lena, que olhou para ela. As duas não disseram nada por um tempo, enquanto voltavam para o acampamento. Então falaram ao mesmo tempo.

– Ela é só um pouco mais velha que eu – Laura disse.

– Sou um ano mais velha que ela – Lena disse.

As duas se entreolharam, quase assustadas. Lena jogou a cabeça cheia de cachos pretos para trás.

– Que boba! Agora não vai mais se divertir.

Laura disse, séria:

– Não. Agora não pode mais brincar.

Até os pôneis pareciam trotar com certa gravidade. Depois de um tempo, Lena disse que imaginava que Lizzie não precisaria mais trabalhar tanto.

– Pelo menos agora ela tem seu próprio trabalho, em sua própria casa, e vai ter filhos.

– Bom – Laura disse –, eu gostaria de ter minha própria casa e filhos, e não me importo de trabalhar, mas não quero ser tão responsável. Prefiro deixar que Ma seja responsável por mim por um longo tempo.

– Além do mais, não quero me acomodar – Lena disse. – Nunca vou me casar. Ou, se for o caso, vou me casar com um homem da estrada e continuar indo mais para o oeste a vida toda.

– Posso dirigir agora? – Laura perguntou. Ela queria esquecer aquela história de crescer.

Lena lhe passou as rédeas.

– Você só precisa segurar isso. Os pôneis sabem o caminho de volta.

No mesmo instante, eles relincharam.

– Segure firme, Laura! Segure firme! – Lena gritou.

Laura firmou os pés e agarrou as rédeas com toda a sua força. Sentia que os pôneis não queriam causar mal. Corriam porque queriam correr ao vento, fariam o que queriam fazer. Laura segurou as rédeas e gritou:

– Vamos, vamos, vamos!

Ela se esqueceu do cesto de roupas, e Lena, também. Percorreram o caminho de volta ao acampamento gritando e cantando, enquanto os pôneis corriam, trotavam e voltavam a correr. Quando pararam perto das cabanas para desarrear os animais e prendê-los, viram que as peças de cima do cesto de roupa lavada estavam no chão da carroça.

Sentindo-se culpadas, elas alisaram e empilharam as roupas e carregaram a cesta pesada até a cabana, onde tia Docia e Ma estavam servindo a comida.

– Vocês duas estão com uma cara... – tia Docia comentou. – O que andaram aprontando?

– Só fomos buscar a roupa e voltamos – Lena disse.

A tarde foi ainda mais emocionante que a manhã. Assim que a louça foi lavada, Lena e Laura foram atrás dos pôneis. Jean tinha saído com um deles. Estava cavalgando pela pradaria.

– Não é justo! – Lena gritou. O outro pônei galopava em círculos, preso a uma corda. Lena o pegou pela crina, soltou-o e montou nele em movimento.

Laura ficou vendo Lena e Jean correrem em círculos, gritando como índios. Cavalgavam encolhidos, com o cabelo ao vento, as mãos segurando a crina preta, as pernas marrons coladas às laterais dos pôneis. Os animais se curvavam e desviavam, perseguindo um ao outro na pradaria como pássaros no céu. Laura nunca se cansaria de observá-los.

Os pôneis pararam ao lado dela. Lena e Jean desmontaram.

– Vamos, Laura – Lena disse, generosa. – Você pode usar o pônei de Jean.

– Quem disse isso? – ele perguntou. – Ela que vá no seu pônei.

– É melhor se comportar, ou vou contar para todo mundo que tentou nos assustar ontem à noite – ameaçou Lena.

Laura segurou a crina do pônei, mas ele era muito maior e mais forte que ela e tinha as costas altas.

– Não sei se consigo. Nunca montei – Laura disse.

– Eu ajudo você – Lena disse. Ela se segurou à crina do próprio pônei com uma mão, inclinou-se e estendeu a outra mão para que Laura subisse.

O pônei de Jean parecia maior a cada minuto. Era grande e forte o bastante para matar Laura se quisesse, tão alto que, se ela caísse, quebraria os ossos. Laura tinha tanto medo de montar nele que precisava tentar.

Ela pisou na mão de Lena e montou no pônei. Então passou uma perna pelas costas do animal, e tudo começou a se mover depressa. Ela ouviu vagamente Lena dizer:

– Segure a crina dele.

Laura se segurou à crina do pônei. Agarrava punhados com toda a sua força, fincando os cotovelos e joelhos no animal, mas sacolejava tanto que nem conseguia pensar. O chão estava tão distante que Laura não ousava olhar para ele. Sentia que caía, mas antes que caísse sentia que estava caindo para o outro lado. Os solavancos faziam seus dentes bater. Ao longe, Laura ouviu Lena gritar:

– Espere, Laura!

Então tudo se acalmou no mais suave movimento. Um movimento que atravessou o pônei e Laura e os manteve navegando nas ondas no ar. Quando os olhos de Laura se abriram, ela viu a grama esvoaçando mais abaixo. Viu a crina do pônei ao vento e suas mãos a agarrando. Ela e o animal iam rápido demais, mas parecia haver uma música tocando, e nada aconteceria a eles até que a música parasse.

O pônei de Lena se alinhou com o dela. Laura queria perguntar como parar com segurança, mas não conseguia falar. Viu as cabanas a distância e soube que, de alguma maneira, os pôneis tinham feito a volta para retornar ao acampamento. Então os sacolejos recomeçaram. Quando pararam, ali estava ela, montada no pônei.

– Eu não disse que era divertido? – Lena perguntou.

– Por que sacode tanto? – Laura perguntou.

– Porque ele estava trotando. Você tem de fazer o pônei galopar, em vez de trotar. É só gritar com ele, como eu fiz. Agora vamos; podemos ir mais longe dessa vez. Concorda?

– Concordo – disse Laura.

– Então se segure. E grite!

Foi uma tarde maravilhosa. Laura caiu duas vezes; em uma delas, bateu o nariz na cabeça do pônei, suas tranças se soltaram, ela ficou rouca de tanto rir e gritar e arranhou as pernas de tanto correr na grama para tentar pular no lombo do pônei em movimento. Quase fora bem-sucedida. Quase.

Não ouviram tia Docia chamá-los para comer. Pa apareceu e gritou:

– Hora do jantar!

Quando entraram, Ma olhou escandalizada para Laura, mas disse apenas:

– Perdão, Docia. Não sei por que Laura parece um índio selvagem.

– Ela e Lena são iguaizinhas – disse tia Docia. – Bom, Lena não tem a tarde toda para fazer o que quer desde que viemos para cá e não vai ter outra até o fim do verão.

O começo do oeste

Na manhã seguinte, estavam todos de volta à carroça. Ela nem chegara a ser descarregada, de modo que logo puderam partir.

Não restou nada no acampamento além da cabana de tia Docia. Ao longo da grama pisada e das áreas mortas onde outras cabanas haviam estado, homens faziam medições e cravavam estacas pensando na cidade que seria construída ali.

– Assim que Hi acertar seus negócios, vamos partir também – disse tia Docia.

– Nos vemos no lago Silver! – Lena gritou para Laura, enquanto Pa incentivava os cavalos e as rodas da carroça começavam a girar.

O sol brilhava forte sobre a carroça descoberta, mas o vento estava fresco, e a viagem começou agradável. Aqui e ali, homens trabalhavam nos campos. De tempos em tempos, uma carroça passava.

Logo a estrada fez uma curva e começou a descer.

– O rio Big Sioux está logo à frente – Pa comentou.

Laura começou a narrar para Mary o que via.

– A estrada desce até a margem do rio, mas não tem nenhuma árvore. Só o céu amplo e grama por toda parte, além de um riachinho baixo. Às vezes o rio fica maior, mas agora está seco, não é maior que o riacho lá de casa. Várias piscinas se formam, em meio a trechos de carvalho seco e terra rachada. Agora os cavalos estão parando para beber água.

– Bebam bastante – Pa disse aos cavalos. – Nos próximos cinquenta quilômetros não há nada de água.

Depois do rio baixo e do gramado eles fizeram curva após curva. A estrada parecia um gancho.

– A estrada segue até a grama e acaba. É o ponto final – Laura disse.

– Não pode ser – Mary retrucou. – A estrada vai até o lago Silver.

– Eu sei – Laura respondeu.

– Bom, então acho que não deveria ter dito o que disse – Mary disse a ela, com delicadeza. – Devemos sempre tomar o cuidado de dizer exatamente o que queremos dizer.

– Eu disse o que eu queria dizer – Laura protestou, mas não conseguia se explicar. Havia tantas maneiras de ver as coisas e tantas maneiras de narrá-las.

Além do Big Sioux não havia mais campos, casas ou gente. Tampouco havia estrada ou um aterro para os trilhos do trem, só o rastro vago de uma carroça. Aqui e ali, Laura vislumbrava uma estaca de madeira, quase escondida entre as gramíneas. Pa disse que eram marcações para a ferrovia que ainda não tinha chegado ali.

Laura disse a Mary:

– A pradaria é como um campo enorme se estendendo em todas as direções, até os limites do mundo.

As ondas sem fim de gramíneas floridas sob o céu sem nuvens a deixou com uma sensação estranha. Laura não conseguia expressar o que sentia. Estavam todos na carroça, mas a carroça, os cavalos e até mesmo Pa pareciam pequenos.

A manhã toda, Pa havia dirigido sem parar ao longo da trilha, e nada mudara. Quanto mais para oeste iam, menores eles pareciam, menos pareciam estar indo para algum lugar. O vento continuava soprando nas gramíneas; os cascos dos cavalos e as rodas da carroça continuavam fazendo o mesmo barulho. O sacolejar da tábua continuava igual. Laura achava que poderiam seguir em frente eternamente sem sair daquele lugar imutável, que nem sabia da existência deles.

Apenas o sol se alterava. Embora não parecesse, ele estava cada vez mais alto no céu. Quando ficou a pino, eles pararam para alimentar os cavalos e almoçar na grama.

Era bom descansar depois de uma manhã inteira viajando. Laura pensou nas vezes em que haviam comido a céu aberto no caminho de Wisconsin ao território indígena e depois de volta a Minnesota. Agora estavam no território de Dakota, seguindo ainda mais para oeste. Era diferente de todas as outras vezes, não apenas porque a carroça não estava coberta e não tinha cama. Laura não sabia explicar, mas aquela pradaria era diferente.

– Pa – ela chamou –, quando encontrar nosso lote de terra, vai ser como aquele que tínhamos no território indígena?

Ele pensou antes de responder.

– Não – disse, afinal. – Aqui é diferente. Não sei explicar exatamente como, mas esta pradaria é diferente. Transmite uma sensação diferente.

– Claro – Ma disse, sensata. – Estamos a oeste de Minnesota, ao norte do território indígena. As flores e as gramíneas não são as mesmas.

Mas não era daquilo que Pa e Laura estavam falando. Quase não havia diferença nas flores e gramíneas. Mas havia algo ali que não tinham encontrado em nenhum lugar. Uma imobilidade enorme que fazia com que a pessoa se sentisse imóvel também. E, quando se estava imóvel, era possível sentir uma grande imobilidade se aproximando.

Os sons das gramíneas ao vento, dos cavalos mastigando e comendo na parte de trás da carroça, e até mesmo deles comendo e conversando eram incapazes de tocar o enorme silêncio daquela pradaria.

Pa falou sobre seu novo trabalho. Cuidaria da loja da companhia e controlaria os horários dos trabalhadores no acampamento do lago Silver. Também controlaria o crédito de cada homem e saberia exatamente quanto dinheiro cada um receberia por seu trabalho, depois de subtrair o que havia gastado na loja. Quando o tesoureiro chegasse com o dinheiro no dia do pagamento, Pa pagaria cada um dos homens. Era tudo o que ele tinha de fazer, e por aquilo receberia cinquenta dólares ao mês.

– E o melhor de tudo, Caroline, é que estamos entre os primeiros a chegar! – disse Pa. – Podemos escolher nosso lote de terra. Nossa sorte finalmente mudou! Vamos ser os primeiros a escolher um terreno e ainda receber cinquenta dólares por mês o verão inteiro!

– Parece maravilhoso, Charles – disse Ma.

Mas aquela conversa toda não significava nada no enorme silêncio da pradaria.

A tarde inteira, eles avançaram, quilômetro a quilômetro, sem ver uma casa que fosse ou qualquer sinal de gente, sem nunca passar por nada além de gramíneas e céu. A trilha que seguiam não passava de grama amassada.

Laura viu antigas trilhas indígenas e caminhos abertos por búfalo de que a grama começava a se apossar. Viu enormes e estranhas depressões, com as laterais retas e o fundo plano, onde búfalos costumavam chafurdar, também tomadas pela grama. Ela nunca havia visto um búfalo, e Pa disse que provavelmente nunca veria. Não fazia muito tempo que manadas de milhares ocupavam aquelas terras. Os índios os criavam, mas haviam sido mortos pelo homem branco.

A pradaria se estendia para todos os lados, vazia, até o céu limpo. O vento nunca deixava de soprar, balançando as gramíneas altas queimadas pelo sol. A tarde toda, Pa seguiu em frente, cantando ou assoviando alegremente. A música que mais cantava era:

> *Ah, venha para este país,*
> *Não tenha medo de vir.*
> *Pois Tio Sam é rico o bastante*
> *Para terra distribuir!*

Até mesmo Grace se juntou ao coro, embora não conseguisse acompanhar a melodia.

> *Ah, venha! Venha!*
> *Venha, estou falando!*
> *Ah, venham! Venham!*
> *Venham em bando!*

Ah, venha para este país
Não tenha medo de vir.
Pois Tio Sam é rico o bastante
Para terra distribuir!

Quando o sol descia no céu, um homem surgiu a cavalo, vindo de trás da carroça. Não seguia muito depressa, mas se aproximava a cada quilômetro que passava, enquanto o sol se punha devagar.

– Quanto falta para chegarmos ao lago Silver, Charles? – Ma perguntou.

– Uns quinze quilômetros – Pa disse.

– Ninguém mora por aqui, mora?

– Não – Pa respondeu.

Ma não disse mais nada. Ninguém mais disse. Mas olhavam para trás, para o homem em seu encalço, que parecia cada vez mais próximo. Certamente os seguia, e não pretendia ultrapassá-los até o sol desaparecer. E o sol já estava tão baixo que os buracos entre as ondulações na pradaria já tinham mergulhado nas sombras.

Sempre que olhava para trás, Pa fazia um movimento de mão e agitava as rédeas para que os cavalos fossem mais rápido. Mas uma parelha puxando uma carroça carregada não tinha como ser mais rápida do que um homem cavalgando sozinho.

Ele estava tão próximo agora que Laura conseguiu ver duas pistolas no coldre de couro que tinha na cintura. Seu chapéu estava baixo sobre os olhos. Ele usava uma bandana vermelha amarrada frouxamente no pescoço.

Pa tinha levado sua arma para o oeste, mas não estava com ela no momento. Laura se perguntou onde poderia estar, mas não disse nada.

Ela voltou a olhar para trás e viu outro homem se aproximando. Montava um cavalo branco e usava uma camisa vermelha. Continuavam distantes, mas se aproximavam depressa, a galope. Alcançaram o primeiro homem e seguiram lado a lado.

Ma disse baixo:

– São dois agora, Charles.

Mary perguntou, assustada:

– O que está acontecendo, Laura? Qual é o problema?

Pa olhou rapidamente para trás, e seu desconforto passou.

– Está tudo bem – ele disse. – É o Grande Jerry.

– Quem é o Grande Jerry? – Ma perguntou.

– Um mestiço de francês e índio – Pa respondeu, com cuidado. – Um apostador. Alguns dizem que rouba cavalos, mas é um bom homem. Grande Jerry não deixaria ninguém nos emboscar.

Ma olhou para ele, perplexa. Sua boca se abriu e depois se fechou. Ela não disse nada.

Os dois homens alcançaram a carroça. Pa ergueu uma mão e disse:

– Olá, Jerry!

– Olá, Ingalls! – Grande Jerry respondeu. O outro homem olhou feio para eles e se afastou a galope. Grande Jerry continuou cavalgando ao lado da carroça.

Parecia mesmo um índio. Era alto e grande, mas nem um pouco gordo. Seu rosto magro era moreno. Sua camisa era vermelho-vivo. Seu cabelo preto e liso balançava contra suas maçãs do rosto pronunciadas conforme ele cavalgava, uma vez que não usava chapéu. Seu cavalo branco como a neve não tinha sela nem rédea. Era livre para decidir aonde queria ir, e queria ir com Grande Jerry, aonde quer que Grande Jerry quisesse ir. O cavalo e o homem se moviam juntos como se fossem um único animal.

Eles se mantiveram ao lado da carroça apenas por um momento. Depois se afastaram em um galope suave, lindo, pegando um declive e depois subindo e desaparecendo na direção do sol resplandecente a oeste. Sua camisa flamejante e o cavalo branco sumiram em meio à luz dourada.

Laura soltou o ar.

– Ah, Mary! O cavalo era branco como a neve, e o homem era alto e moreno, tinha cabelo preto e usava uma camisa bem vermelha! Ele cavalgou direto para o sol se pondo, rodeado pela pradaria amarronzada. Vai entrar no sol e sair do outro lado do mundo.

Mary pensou por um momento, depois disse:

– Laura, você sabe que ele não pode entrar no sol. Está cavalgando na terra, como todo mundo.

Mas Laura não sentia que havia contado uma mentira. O que havia dito era verdade também. De alguma forma, o momento em que aquele pônei livre e aquele homem selvagem cavalgaram para o sol duraria para sempre.

Ma ainda temia que o outro homem estivesse esperando para roubá-los, mas Pa disse a ela:

– Não se preocupe! Grande Jerry vai ficar com ele até que cheguemos ao acampamento. Ele vai garantir que ninguém nos incomode.

Ma olhou para trás para conferir se as meninas estavam bem e segurou Grace mais firme no colo. Não disse nada, porque sabia que nada que dissesse faria diferença. Mas Laura sabia que Ma não queria ter deixado o riacho e não queria estar ali agora. Não gostava de viajar por aquelas terras ermas com a noite chegando e aquele tipo de homem cavalgando na pradaria.

O canto selvagem dos pássaros descia do céu que se apagava. Mais e mais linhas escuras riscavam o azul-claro acima de suas cabeças – patos selvagens voando em linha reta, gansos selvagens voando em cunha. Os líderes chamavam o bando que vinha atrás, e cada pássaro respondia por si. O céu inteiro parecia gritar: *Honk? Honk! Honk! Quá? Quá. Quá.*

– Estão voando baixo – Pa disse. – Vão passar a noite nos lagos.

Havia lagos mais à frente. A linha prateada fina no limite do céu era o lago Silver, e os pontos brilhantes ao sul eram os lagos gêmeos, Henry e Thompson. A manchinha escura entre os dois era a Árvore Solitária. Pa explicou que se tratava de um choupo enorme, a única árvore que se via entre os rios Big Sioux e Jim. Ficava em uma pequena elevação de terreno da largura de uma estrada, entre os lagos gêmeos, e suas raízes alcançavam a água.

– Vamos pegar algumas sementes para plantar em nosso terreno – Pa disse. – Não dá para enxergar o lago Spirit daqui, fica quilômetros a noroeste do Silver. É um belo lugar para caçar, está vendo, Caroline? As aves têm bastante água e bastante comida aqui.

– Sim, Charles – Ma disse.

O sol mergulhou. Uma bola pulsante de luz líquida, ele mergulhou em nuvens carmesins e prateadas. Sombras roxas e frias se ergueram ao leste, esgueirando-se devagar pela pradaria, depois se elevavam nas alturas da escuridão, onde as estrelas pendiam baixas e brilhantes.

O vento, que o dia todo soprara forte, diminuiu com o sol e passou a sussurrar entre as gramíneas altas. A terra parecia respirar suavemente sob a noite de verão.

Pa continuou dirigindo sob as estrelas baixas. Os cascos dos cavalos faziam um ruído leve ao amassar as gramíneas. Lá na frente, algumas luzinhas perfuravam a escuridão. Era o acampamento do lago Silver.

– Nem preciso enxergar o caminho nesses últimos doze quilômetros – Pa disse a Ma. – É só seguir na direção das luzes. Não há nada entre nós e o acampamento além da pradaria e do ar noturno.

Laura estava cansada e com frio. As luzes continuavam distantes. Poderiam ser estrelas, no fim das contas. A noite não passava de estrelas brilhando. Pouco acima de sua cabeça e por todos os lados, estrelas grandes formavam padrões na escuridão. As gramíneas altas farfalhavam contra as rodas da carroça. Farfalhavam e farfalhavam, enquanto as rodas giravam.

De repente, ela abriu os olhos. Viu uma porta aberta e uma luz escapando de dentro. Tio Henry surgiu no brilho da lamparina, rindo. Se tio Henry estava ali, aquela devia ser a casa dele na Grande Floresta, de quando Laura era pequena.

– Henry! – Ma exclamou.

– Surpresa! – Pa cantarolou. – Guardei segredo sobre Henry estar aqui.

– Perdi até o fôlego, de tão surpresa – Ma disse.

Então um homem grande se aproximou rindo. Era o primo Charley. Era o garoto que havia dado trabalho a tio Henry e Pa na plantação de aveia e fora picado por milhares de abelhas.

– Olá, canequinha! Olá, Mary! E essa deve ser Carrie; como cresceu! Não é mais a bebê da família, hein?

Primo Charley as ajudou a descer da carroça, enquanto tio Henry pegava Grace no colo e Pa ajudava Ma a passar por cima da roda. Então prima Louisa chegou, toda agitada e falante, e levou todos para dentro da cabana.

Prima Louisa e primo Charley estavam grandes agora. Cuidavam da cabana que servia de sede e cozinhavam para os homens que trabalhavam na construção da ferrovia. Já fazia tempo que os homens haviam comido, e agora estavam dormindo nos alojamentos. Prima Louisa explicou tudo aquilo enquanto servia a comida que vinha mantendo quente no fogão.

Depois do jantar, tio Henry acendeu uma lanterna e os levou até uma cabana que os homens haviam construído para Pa.

– É de madeira nova, Caroline – tio Henry disse, levantando a lanterna para que eles pudessem ver as paredes de tábuas e as camas coladas a elas.

Havia uma para Ma e Pa e, do outro lado, dois beliches mais estreitos, um para Mary e Laura e outro para Carrie e Grace. Já estavam forradas. Prima Louisa havia cuidado daquilo.

Laura e Mary logo estavam aninhadas no colchão de feno fresco, com o lençol e a colcha puxados até o nariz. Pa apagou a lanterna.

O lago Silver

O sol ainda não havia se levantado na manhã seguinte quando Laura baixava o balde no poço raso. O céu claro, além da margem oriental do lago Silver, estava marcado por faixas carmesins e douradas. Seu brilho se estendia até a margem sul, pegando nas terras altas que se erguiam da água a leste e norte.

A noroeste, as sombras da noite permaneciam, mas o lago Silver parecia uma folha prateada em meio às gramíneas altas.

Patos grasnavam em meio ao mato a sudoeste, onde o Grande Charco começava. Gaivotas gritando sobrevoavam o lago, enfrentando o vento da alvorada. Um ganso selvagem alçou voo da água com um chamado ressoante, e uma após a outra as aves de seu bando responderam, levantaram voo e o seguiram também. Elas formaram um triângulo, batendo as asas fortes sob a glória do sol nascente.

Feixes de luz dourada surgiam cada vez mais altos no céu oriental, até que seu brilho tocou a água, que o refletiu.

Então o sol, uma bola dourada, rolou sobre a borda oriental do mundo.

Laura inspirou fundo. Depois, depressa, puxou o balde de volta e o carregou correndo até a cabana, que ficava sozinha à beira do lago, ao sul do aglomerado de cabanas do acampamento da ferrovia. Ela brilhava amarela como o nascer do sol, uma casinha quase perdida em meio às gramíneas, o telhado inclinado só para um lado, como se faltasse metade dele.

– Estávamos esperando a água, Laura – Ma disse, quando a filha entrou.

– Ah, Ma! O nascer do sol... você precisava ter visto! – Laura exclamou.
– Tive que ficar assistindo.

Ela se pôs a ajudar Ma a preparar o café da manhã e, enquanto o fazia, contou sobre como o sol surgira atrás do lago Silver, inundando o céu de cores maravilhosas, com bandos de gansos selvagens que voavam nele, sobre como milhares de patos selvagens quase cobriam toda a água e gaivotas voavam ao vento, gritando sem parar.

– Eu ouvi – Mary disse. – Todo o alarido dos pássaros selvagens, o tumulto. E agora vi tudo. Você cria imagens quando fala, Laura.

Ma sorriu para Laura, mas disse apenas:

– Muito bem, meninas, temos um dia cheio à frente.

E descreveu o que precisavam fazer.

Tudo tinha de ser desempacotado, e a cabana precisava estar arrumada antes do meio-dia. Os colchões da prima Louisa foram arejados e devolvidos, e os de Ma foram recheados com feno fresco e limpo. Ma pegou alguns metros de calicô estampado e claro na loja da companhia para fazer as cortinas. Uma foi pendurada de modo a esconder as camas. A outra foi pendurada entre as camas, para que houvesse dois quartos: um para Ma e Pa e outro para as meninas. A cabana era tão pequena que a cortina pegava nas camas, mas, quando estava tudo arrumado, com os colchões, os travesseiros e as colchas de retalhos de Ma, a impressão que dava era de uma casa nova, iluminada e confortável.

Do outro lado da cortina ficava a sala. Era bem pequena, com um fogão perto da porta. Ma e Laura colocaram a mesa contra a parede do lado, diante da entrada. As cadeiras de balanço de Mary e de Ma ficaram do outro lado do cômodo. O chão era de terra batida e ainda tinha alguns tufos de grama, mas elas o varreram bem. Um vento suave chegava pela entrada. De modo geral, aquela cabana era muito agradável e parecia um lar.

– É uma casinha diferente, com meio telhado e sem janelas – Ma disse.
– Mas é um bom telhado, e não precisamos de janela, com o tanto de ar e luz que chega pela entrada.

Quando Pa chegou para o almoço, ficou satisfeito de ver tudo tão bem-arrumado. Ele torceu de brincadeira a orelha de Carrie e balançou Grace no colo. Não podia jogá-la para cima, porque o teto ali era baixo.

– Onde está sua pastorinha de porcelana, Caroline? – Pa perguntou.

– Está guardada, Charles – disse Ma. – Esta não é nossa casa. Só vamos ficar aqui até termos um lote de terra.

Pa riu.

– Tenho bastante tempo para escolher o melhor! Olhe só para essa pradaria, vazia a não ser pelos trabalhadores, que vão embora quando o inverno chegar. Podemos escolher o que quisermos.

– Depois de comer – Laura disse –, Mary e eu vamos dar uma volta para ver o acampamento, o lago e tudo o mais.

Ela pegou o balde e saiu sem chapéu para pegar água fresca para fazer o almoço.

O vento soprava firme e forte. Não havia uma única nuvem no céu amplo; não havia nada naquela terra imensa além da luz tremeluzente sobre as gramíneas. O vento trazia a voz dos homens cantando.

As parelhas voltavam ao acampamento, em uma fila comprida que lembrava uma cobra rastejando pela pradaria. Os cavalos avançavam lado a lado, arreados, enquanto os homens marchavam com a cabeça e os braços descobertos, a pele morena despontando de camisas listradas de azul e branco, cinza e azul. Todos cantavam a mesma música.

Era como um exército atravessando a vasta terra sob o céu enorme e vazio, e a música era seu pendão.

Laura ficou ali, ao vento forte, olhando e ouvindo, até que o último homem se juntou à multidão que se dividia entre as cabanas baixas do acampamento, e a música se perdeu em meio ao som das vozes calorosas. Só então ela se lembrou do balde que carregava. Encheu-o no poço o mais rápido que podia e correu de volta para casa, derramando água nas pernas expostas, em sua pressa.

– Tive que... assistir... às parelhas voltando ao acampamento – ela explicou, arfando. – São tantas, Pa! E os homens estavam cantando.

– Calma, canequinha, recupere o fôlego! – Pa riu dela. – Cinquenta parelhas e setenta e cinco ou setenta e oito homens formam um acampamento pequeno. Você precisa ver o acampamento de Stebbins, que fica mais a oeste. São duzentos homens e as parelhas correspondentes.

– Charles – Ma disse apenas.

Em geral, todos sabiam o que Ma queria quando dizia "Charles" delicadamente. Mas, daquela vez, Laura, Carrie e Pa ficaram sem entender. Ma só balançou a cabeça de leve para ele.

Pa olhou para Laura e disse:

– Fiquem longe do acampamento, meninas. Quando saírem para andar, não se aproximem dos homens trabalhando. E voltem para cá antes que a jornada de trabalho deles termine. Há todo tipo de homem trabalhando nos trilhos. O linguajar deles é inapropriado. Quanto menos os virem e os ouvirem, melhor. Lembre-se disso, Laura. E você também, Carrie.

A expressão de Pa era muito séria.

– Sim, Pa – Laura prometeu.

– Sim, Pa – Carrie quase sussurrou. Seus olhos estavam arregalados e pareciam assustados. Ela não queria ouvir linguajar inapropriado, o que quer que fosse aquilo. Laura até gostaria de ouvir, só uma vez, mas claro que obedeceria a Pa.

Naquela tarde, quando saíram para caminhar, mantiveram-se longe das cabanas. Seguiram pela margem do lago na direção do Grande Charco.

O lago estava à esquerda delas, brilhando ao sol. Leves ondas prateadas subiam e desciam, batendo contra a margem, enquanto o vento agitava a transparente água azul. A margem era baixa, mas firme e seca, e a grama crescia à beira da água. Do outro lado do lago cintilante, Laura via a margem leste e a margem sul, erguendo-se tão altas quanto ela. Havia um pequeno charco a nordeste, e o Grande Charco se estendia a sudoeste, em uma longa curva repleta de gramíneas altas.

Laura, Mary e Carrie caminharam devagar sobre a margem verde, à beira da água agitada de um azul prateado, na direção do Grande Charco. Sentiam a grama quente e macia sob os pés. O vento fazia as saias delas bater contra as pernas nuas e bagunçava o cabelo de Laura. As toucas de Mary e Carrie estavam firmemente amarradas sob o queixo, mas Laura carregava a sua pelo laço. Milhões de folhas de grama farfalhavam em uníssono, milhares de patos, gansos, garças, grous e pelicanos mantinham uma conversa afiada e aguda ao vento.

Todos aqueles pássaros se alimentavam nas gramíneas do charco. Batiam as asas para levantar voo e depois voltavam ao chão, gritando notícias uns para os outros, conversando entre si em meio ao mato, comendo raízes, plantas aquáticas e peixinhos.

A margem do lago ficava cada vez mais baixa conforme rumavam para o Grande Charco, até que deixava de existir. O lago se transformava em charco, formando pequenas piscinas cercadas por gramíneas duras que chegavam a um metro e meio de altura. As piscinas cintilavam em meio ao mato. Pássaros selvagens ocupavam toda a água.

Laura e Carrie avançavam pelo charco quando, de repente, viram asas duras batendo e olhos redondos cintilando. Grasnados preencheram o ar. Com as patas estendidas sob o rabo, patos e gansos alçaram voo sobre as gramíneas e seguiram para outra piscina.

As meninas ficaram imóveis. As gramíneas se erguiam acima de suas cabeças. O vento batendo nelas produzia um barulho forte. Seus pés descalços afundavam devagar na lama.

– Ah, o chão está mole demais – Mary disse, e deu meia-volta na mesma hora. Não gostava de lama nos pés.

– Volte, Carrie! – Laura gritou. – Ou vai ficar presa! O lago continua aqui, entre as gramíneas!

A lama fria e pegajosa puxou seus tornozelos quando ela se endireitou. À sua frente, pequenas piscinas cintilavam entre as gramíneas. Laura queria seguir em frente, entrar no charco e ficar entre as aves, mas não podia deixar Mary e Carrie. Portanto, deu meia-volta e retornou com elas à elevação na pradaria, onde as gramíneas batiam até a cintura e sacudiam ao vento, e o capim crescia baixo em alguns trechos.

Ao longo da beirada do charco, elas colheram lírios bem vermelhos. Nas terras mais elevadas, colheram feijão-de-gado roxo. Gafanhotos voavam em nuvens a seus pés. Todo tipo de passarinho voava e piava, equilibrado nas hastes das gramíneas balançando. Tetrazes-da-pradaria corriam por toda parte.

– Ah, que lugar mais lindo e selvagem! – Mary soltou um suspiro feliz.
– Laura, você está usando sua touca?

Sentindo-se culpada, Laura colocou na cabeça a touca que estava presa ao pescoço.

– Sim, Mary – ela disse.

Mary riu.

– Você acabou de colocar. Eu ouvi!

Já era fim de tarde quando elas voltaram. A pequena cabana, cujo telhado pendia para um lado, estava sozinha à beira do lago Silver. Ma, que parecia minúscula à entrada, protegia os olhos com a mão enquanto as procurava. As meninas acenaram para ela.

Dali, podiam ver o acampamento inteiro, que se estendia ao longo da margem, ao norte da cabana. A primeira construção era a loja em que Pa trabalhava. Atrás dela, havia um barracão de estoque. Depois vinha o estábulo dos animais de trabalho, que tinha telhado de palha e ficava em uma ondulação na pradaria. Além dele ficava uma construção comprida, que era o alojamento onde os homens dormiam. Mais para a frente ficava a cabana que servia de sede, cuja chaminé já soltava a fumaça do jantar.

Então, pela primeira vez, Laura viu uma casa, uma casa de verdade, sozinha na costa norte do lago.

– O que será aquela casa? E quem será que mora ali? – ela perguntou. – Não é uma casa de fazenda, porque não tem estábulo, e a terra não está arada.

Ela contava a Mary tudo o que via.

– Que lugar bonito, com as cabanas novas, o gramado, a água. Não adianta se indagar quanto à casa: é melhor perguntar a Pa a respeito. Tem outro bando de patos selvagens vindo.

Bando após bando de patos e longas fileiras de gansos desciam para passar a noite no lago. Também dava para ouvir as vozes dos homens voltando do trabalho. Ma esperava por elas à entrada da cabana de novo. As meninas chegaram com o vento, depois de uma tarde de ar fresco e sol, com braçadas de lírios vermelhos e feijão-de-gado roxo.

Carrie colocou as flores em uma jarra de água enquanto Laura punha a mesa para o jantar. Mary se sentou à cadeira de balanço com Grace no colo e contou a ela sobre os patos grasnando no Grande Charco e os bandos de gansos que desciam para dormir no lago.

Ladrões de cavalos

Certa noite, Pa mal falou durante o jantar. Só respondia ao que lhe perguntavam. Até que Ma perguntou:

– Não está se sentindo bem, Charles?

– Estou, sim, Caroline – ele respondeu.

– Então qual é o problema? – Ma quis saber.

– Não é nada – Pa disse. – Não precisa se preocupar. É só que os rapazes receberam ordens de procurar por ladrões de cavalos nesta noite.

– É o trabalho de Hi – Ma disse. – Espero que deixe que ele cuide disso.

– Não se preocupe, Caroline – Pa insistiu.

Laura e Carrie se entreolharam, depois olharam para Ma. Após um momento, Ma disse, gentil:

– Gostaria que esquecesse isso, Charles.

– Grande Jerry esteve no acampamento – Pa disse. – Passou uma semana aqui, e agora foi embora. Os rapazes acham que está mancomunado com os ladrões de cavalos. Dizem que, sempre que ele visita o acampamento, os melhores cavalos são roubados logo depois. Acham que ele só fica aqui até selecionar os melhores e descobrir onde passam a noite, depois volta com seu bando à noite e os rouba.

– Sempre ouvi dizer que não se pode confiar em mestiços de índio – Ma disse. Ela não gostava de índios e não gostava de mestiços de índio.

– Teríamos sido escalpelados no rio Verdigris se não tivesse sido por um índio – Pa disse.

– Não teríamos corrido o risco de ser escalpelados se não fosse por aqueles selvagens, cobertos por pele fresca de gambá, gritando – Ma disse, depois fez um ruído só de lembrar como as peles de gambá cheiravam mal.

– Não acho que Jerry seja um ladrão de cavalos – Pa disse, mas a Laura pareceu mais que ele torcia para que aquilo fosse verdade. – O problema na verdade é que ele vem ao acampamento depois do pagamento e ganha o dinheiro dos rapazes no pôquer. É por isso que alguns ficariam felizes em atirar nele.

– Como Hi permite isso? – Ma comentou. – Apostar é ainda pior do que beber.

– Eles não são obrigados a apostar, Caroline – Pa disse. – Se Jerry fica com o dinheiro dos rapazes, a culpa é deles. Nunca vi um homem tão bondoso quanto Grande Jerry. Ele cederia a roupa do corpo se preciso. Você viu como cuida do Velho Johnny.

– Sim – Ma admitiu.

O Velho Johnny, um irlandês pequeno e enrugado, com as costas curvadas, era quem levava água para os rapazes. Havia trabalhado na ferrovia a vida toda, mas tinha ficado velho demais para aquilo. Portanto, a companhia lhe arranjara aquele emprego.

Pela manhã e depois do almoço, o Velho Johnny ia até o poço e enchia dois baldes grandes de madeira. Então levava um jugo aos ombros, agachava-se e prendia os baldes nos ganchos que pendiam das correntes curtas que havia de cada lado. Grunhindo e gemendo, ele se endireitava, e as correntes erguiam os baldes pesados do chão. Johnny os estabilizava com as mãos e carregava seu peso nos ombros, dando passos curtos e rígidos.

Cada balde tinha uma concha de lata. Quando chegava aos homens nos trilhos, ele passava de um em um para que os que estivessem sedentos pudessem beber água sem parar de trabalhar.

Johnny era tão velho que tinha ficado encolhido e encurvado. Seu rosto tinha sido tomado pelas rugas, mas seus olhos azuis brilhavam de alegria.

Ele sempre trotava o mais rápido possível, para que os homens não precisassem esperar para matar sua sede.

Uma manhã, antes do café, Grande Jerry fora até a entrada da cabana e dissera a Ma que o Velho Johnny passara mal a noite toda.

– Ele é tão pequeno e tão velho – Grande Jerry dissera. – A comida que servem aos homens não lhe cai bem. A senhora poderia oferecer a ele uma caneca de chá quente e algo para comer?

Ma colocara biscoitos quentinhos, uma batata e uma fatia de porco salgado crocante em um prato, depois enchera uma caneca de chá quente e entregara a Grande Jerry.

Após o café, Pa fora ao alojamento visitar o Velho Johnny. Mais tarde, ele contara a Ma que Jerry passara a noite cuidando do pobre homem. Johnny dissera que Jerry até o havia coberto com a própria manta para aquecê-lo, e passara a noite no frio.

– Grande Jerry cuidou do Velho Johnny como se fosse seu pai – Pa disse agora. – E nós mesmos devemos muito a ele.

Todos recordaram como Grande Jerry havia aparecido na pradaria em seu cavalo branco quando um desconhecido os seguia ao fim da tarde.

– Bem – Pa disse, levantando-se devagar –, tenho de ir vender munição para as armas dos rapazes. Espero que Jerry não volte ao acampamento hoje. Mesmo que só aparecesse para ver como o Velho Johnny está e fosse guardar o cavalo no estábulo, os rapazes atirariam nele.

– Ah, não, Charles! Eles não fariam isso! – Ma exclamou.

Pa colocou o chapéu.

– O homem que mais fala a respeito já matou alguém – ele disse. – Se safou alegando autodefesa, mas cumpriu pena na prisão. Grande Jerry ficou com todo o dinheiro dele no último pagamento. O homem não tem coragem de encará-lo, mas vai emboscá-lo se tiver a chance.

Pa foi para a loja, e Ma começou a arrumar a mesa, muito séria. Enquanto lavava a louça, Laura pensava no Grande Jerry em seu cavalo branco. Tinha visto os dois muitas vezes, galopando na pradaria. Grande Jerry estava sempre de camisa vermelha e sem chapéu. Seu cavalo branco nunca estava arreado.

Estava escuro quando Pa voltou da loja. Ele disse que meia dúzia de homens armados esperavam perto do estábulo.

Chegou a hora de dormir. Não havia nenhuma luz acesa no acampamento. Mal dava para ver as cabanas baixas, a menos que se soubesse onde procurá-las, mais escuras que a escuridão. Havia algum brilho sobre o lago, em volta do qual a pradaria se estendia, plana sobre o céu de veludo pontilhado de estrelas. O vento frio sussurrava, as gramíneas farfalhavam como se tivessem medo. Laura ficou vendo e ouvindo, depois voltou correndo para a cabana.

Do outro lado da cortina, Grace já dormia, e Ma ajudava Mary e Carrie a se preparar para a cama. Pa havia pendurado seu chapéu e sentado no banco, mas não tirara as botas. Ele olhou quando Laura entrou, então se levantou e vestiu o casaco. Abotoou-o até o fim e virou o colarinho para cima, de modo que sua camisa cinza ficava escondida. Laura não falou nada. Pa colocou o chapéu.

– Não espere por mim, Caroline – ele disse, animado.

Ma saiu de trás da cortina, mas Pa já tinha ido embora. Ela foi até a entrada procurá-lo. Pa havia desaparecido na escuridão. Depois de um minuto, Ma se virou e disse:

– Hora de dormir, Laura.

– Por favor, Ma, me deixa ficar acordada também – a menina implorou.

– Acho que não vou para a cama – Ma disse. – Não por agora, pelo menos. Não tenho sono. Não adianta ir para a cama quando não se tem sono.

– Também estou sem sono, Ma – Laura disse.

Ma apagou a lamparina e se sentou na cadeira de balanço que Pa havia feito para ela quando estavam no território indígena. Laura foi na ponta dos pés descalços até o lado dela e se sentou.

As duas ficaram ouvindo no escuro. Laura ouvia um zumbido fino e fraco, que parecia vir de seus próprios ouvidos. Também ouvia a respiração de Ma, a respiração lenta de Grace, que dormia, e a respiração mais acelerada de Mary e Carrie, que estavam acordadas do outro lado da cortina. A cortina esvoaçou um pouco, por causa da entrada aberta da casa, fazendo barulho. Lá fora, o céu estava repleto de estrelas sobre a terra escura.

Lá fora, o vento suspirava, a grama farfalhava, as leves ondas do lago batiam contra a margem, produzindo um barulho baixo e incessante.

Um grito agudo na escuridão fez o corpo de Laura tremer. Ela quase gritou também. Era apenas um ganso selvagem que se perdera do bando. Os outros gansos responderam do charco, ao que se seguiram grasnados sonolentos dos pássaros.

– Ma, me deixe ir atrás de Pa – Laura sussurrou.

– Fique quietinha – Ma disse apenas. – Você não teria como encontrá-lo. E ele não quer que o encontre. Fique quietinha e deixe que ele cuide de si mesmo.

– Quero fazer alguma coisa. Prefiro fazer alguma coisa – Laura disse.

– Eu também – Ma disse. Na escuridão, sua mãe fazia carinho na cabeça de Laura. – O sol e o vento estão deixando seu cabelo seco, Laura. Você precisa escovar mais. Deve passar a escova cem vezes nos cabelos todas as noites, antes de dormir.

– Sim, Ma – Laura sussurrou.

– Meu cabelo era lindo e comprido quando me casei – Ma disse. – Minhas tranças passavam da cintura.

Ela não disse mais nada. Continuou passando a mão no cabelo seco de Laura enquanto as duas aguardavam o som de tiros.

Uma estrela maior brilhava no céu preto próximo à entrada. Conforme o tempo passou, ela se moveu. Devagar, foi de leste a oeste. As estrelas menores giravam ainda mais devagar em volta dela.

De repente, Laura e Ma ouviram passos. Em um instante, as estrelas se apagaram. Pa estava à entrada. Laura se pôs de pé na mesma hora. Ma ficou imóvel na cadeira de balanço.

– Estava me esperando, Caroline? – ele perguntou. – Pff, não precisava ter feito isso. Está tudo bem.

– Como sabe disso, Pa? – Laura perguntou. – Como sabe que Grande Jerry...

– Esqueça isso, canequinha! – Pa a interrompeu, animado. – Grande Jerry está bem. Não vai vir para o acampamento nesta noite. Mas eu não ficaria surpreso se ele aparecesse em seu cavalo branco pela manhã. Agora vá para a cama. Vamos dormir o máximo que pudermos antes que o sol nasça. – A risada de Pa repicou como sinos. – Vai ter um monte de gente com sono trabalhando nos trilhos hoje!

Enquanto Laura se trocava atrás da cortina e Pa tirava as botas do outro lado, ela o ouviu dizer baixo para Ma:

– O melhor de tudo, Caroline, é que nenhum cavalo foi roubado do acampamento.

Na manhã seguinte, Laura viu Grande Jerry e seu cavalo branco perto da cabana. Ele cumprimentou Pa na loja, e Pa retribuiu o cumprimento. Depois Grande Jerry saiu galopando na direção dos homens trabalhando.

E nenhum cavalo foi roubado do acampamento.

Uma tarde maravilhosa

Toda manhã, logo cedo, enquanto lavava a louça, Laura olhava pela entrada e via os homens saindo da cabana de prima Louisa depois do café da manhã e iam buscar os cavalos no estábulo. Ouvia-se o barulho dos animais sendo arreados, conversas e gritos, depois os homens e as parelhas saíam para trabalhar, deixando tudo em silêncio.

Os dias eram muito parecidos. Às segundas, Laura ajudava Ma a lavar a roupa e depois recolhia as peças cheirando a limpas que secavam rapidamente ao sol e ao vento. Às terças, ela borrifava água nelas, para que Ma as passasse a ferro. Às quartas, Laura remendava e costurava, embora não gostasse daquilo. Mary estava aprendendo a costurar mesmo sem enxergar. Seus dedos sensíveis ainda faziam boas bainhas, e ela conseguia costurar quadrados para as mantas se escolhessem os retalhos antes.

Ao meio-dia, o acampamento ficava barulhento outra vez, com os homens e os animais voltando para o almoço. Pa vinha da loja para comer com elas na cabana, com o vento soprando e a ampla pradaria visível através da entrada. Levemente colorida em todos os tons de marrom-escuro a ferrugem e bronze, a pradaria subia e descia até os limites do céu. O vento soprava mais frio à noite, e mais e mais aves voavam para o sul. Pa disse que o inverno logo chegaria. Mas Laura não estava pensando no inverno.

Ela queria saber onde os homens estavam trabalhando e como abriam a ferrovia. Eles saíam toda manhã e voltavam para almoçar e para jantar, mas tudo o que ela via de seu trabalho era uma mancha de poeira que se formava a oeste. Laura queria ver os homens construindo a ferrovia.

Um dia, tia Docia se mudou para o acampamento, trazendo consigo duas vacas.

– Trouxe nosso próprio leite, Charles – ela disse. – Essa é a única maneira de ter leite, porque não há fazendeiros aqui.

Uma das vacas era para Pa. Era bonita, tinha os pelos bem avermelhados e se chamava Ellen. Pa a desamarrou da traseira da carroça de tia Docia e passou a corda a Laura.

– Aqui – ele disse. – Você já tem idade o suficiente para se responsabilizar por ela. Leve Ellen para pastar onde a grama é boa. E não se esqueça de prendê-la direitinho.

Laura e Lena prenderam as vacas para pastar não muito longe dali, onde a grama era boa. Toda manhã e toda noite, iam juntas cuidar delas. Levavam-nas para beber água do lago, prendiam-nas onde havia grama fresca e as ordenhavam, sempre cantando.

Lena conhecia muitas músicas novas, que Laura logo aprendeu. Enquanto o leite fluía para os baldes de lata, elas cantavam juntas:

> *Uma vida passada no mar,*
> *Uma casa em meio às ondas,*
> *Os girinos balançando a cauda,*
> *As lágrimas rolando soltas.*

Às vezes, Lena cantava baixinho, e Laura a acompanhava.

> *Eu não me casaria com um fazendeiro*
> *Porque eles nunca têm dinheiro!*
> *É melhor com um homem da estrada*
> *que usa camisa listrada!*

Mas Laura gostava mais das valsas. Adorava a música da vassoura, embora tivessem de repetir "vassoura" vezes demais para caber na melodia.

> *Compre uma vassoura, uma vassoura, uma vassoura!*
> *Compre uma vassoura, uma vassoura, uma vassoura!*
> *Não quer comprar uma vassoura desse andarilho bávaro?*
> *Vai descobrir que é muito útil,*
> *Para varrer os insetos,*
> *Que, todo dia e toda noite,*
> *Vêm só para irritar você.*

As vacas ficavam quietinhas, ruminando, como se ouvissem a música até que a ordenha tivesse terminado.

Depois, com os baldes cheios de leite quente e cheirando doce, Laura e Lena voltavam para as cabanas. Pela manhã, os homens saíam do alojamento, lavavam-se nas bacias que ficavam no banco à porta e penteavam o cabelo. Enquanto isso, o sol nascia sobre o lago.

À noite, o céu flamejava, vermelho, roxo e dourado. O sol se punha, e os homens voltavam com os animais pela estrada empoeirada, cantando. Lena corria até a cabana de tia Docia, e Laura corria até a cabana de Ma, porque precisavam coar o leite antes que começasse a formar nata, e ajudar a preparar o jantar.

Lena tinha tanto trabalho a fazer, ajudando tia Docia e a prima Louisa, que não lhe restava tempo para brincar. Embora não trabalhasse tão duro, Laura também vivia ocupada. Por isso, as duas quase não se viam, a não ser durante a ordenha.

– Se Pa não tivesse colocado nossos pôneis para trabalhar na ferrovia – Lena disse um fim de tarde –, sabe o que eu faria?

– O quê? – Laura perguntou.

– Bom, se eu conseguisse escapar, e se os pôneis estivessem disponíveis, poderíamos ir ver os homens trabalhando – ela falou. – Não gostaria de fazer isso?

– Gostaria, sim – Laura disse. Ela não precisava decidir se ia ou não desobedecer a Pa, porque não tinham como fazer aquilo.

Certo dia, durante um almoço, Pa deixou o chá de lado, limpou o bigode e disse:

– Você faz perguntas demais, canequinha. Ponha sua touca e venha à loja umas duas da tarde. Vou levar você até lá e deixar que veja com seus próprios olhos.

– Ah, Pa! – Laura exclamou.

– Acalme-se, Laura. Não se anime demais – Ma disse, baixo.

Laura sabia que não devia gritar, por isso manteve a voz baixa.

– Lena pode ir junto, Pa?

– Falaremos sobre isso depois – Ma disse.

Depois que Pa voltou à loja, Ma conversou a sério com Laura. Ela disse que queria que suas meninas soubessem como se portar, falassem sempre baixo, tivessem boas maneiras e se comportassem como damas. Sempre haviam vivido em lugares rústicos, a não ser pelo tempo que tinham morado à margem do riacho. Agora estavam em um acampamento ferroviário, e levaria um tempo até que o lugar se tornasse civilizado. Até lá, Ma achava melhor que não se misturassem. Ela queria que Laura se mantivesse longe do acampamento e que não fizesse amizade com os trabalhadores. Poderia ir com Pa ver os homens trabalhando daquela vez, se ficasse quietinha, se comportasse e fosse uma verdadeira dama – lembrando-se de que uma dama nunca fazia nada que pudesse chamar a atenção.

– Sim, Ma – Laura disse.

– E não quero que leve Lena, Laura – Ma disse. – Ela é uma boa menina, muito capaz, mas também é tempestuosa. Docia não a conteve tanto quanto deveria. Se vai ver homens rudes trabalhando na terra, é melhor que vá só com seu pai, volte tranquilamente e não diga mais nada a respeito.

– Sim, Ma – Laura disse. – Mas...

– Mas o quê, Laura? – Ma perguntou.

– Nada.

– Não sei por que quer ir – Mary comentou. – É muito mais agradável ficar aqui na cabana ou dar uma volta à beira da lagoa.

– Mas eu quero. Quero ver a estrada de ferro sendo construída – Laura disse.

Ela amarrou a touca ao sair e a manteve assim. Pa estava sozinho na loja. Ele colocou seu chapéu de aba larga e passou um cadeado na porta. Os dois partiram juntos rumo à pradaria. Àquela hora do dia, quando não havia sombra, a pradaria até parecia plana, embora não fosse. Em alguns minutos, não viam mais as cabanas, e não havia nada em vista a não ser a trilha empoeirada e o aterro para os trilhos que a acompanhavam. Uma nuvem de poeira marcava o céu, soprada pelo vento.

Pa segurou o chapéu, e Laura baixou a cabeça para que sua touca não voasse. Os dois seguiram assim por algum tempo. Então ele parou e disse:

– Pronto, canequinha.

Estavam em uma pequena elevação. Diante deles, o aterro onde ficavam os trilhos terminava abruptamente. Homens com parelhas aravam a terra na direção oeste, revolvendo um trecho largo de gramado.

– Eles usam arados? – Laura perguntou. Parecia estranho pensar que homens arassem aquele terreno intocado para construir uma ferrovia.

– E raspadeiras – disse Pa. – Agora veja, Laura.

Os animais e os homens traçavam um círculo lento, indo e voltando ao término abrupto do aterro e cruzando a faixa arada. As parelhas puxavam pás largas e profundas: as raspadeiras.

Em vez de um cabo longo, cada raspadeira tinha dois cabos curtos. E meio aro de aço que ia de um lado para o outro. A parelha era atrelada àquele aro.

Quando um homem e sua parelha chegavam à terra arada, outro homem pegava a raspadeira pelos cabos e a levantava o suficiente para enterrar a ponta arredondada na terra solta do trecho arado, enquanto a parelha continuava puxando, e a raspadeira se enchia de terra. Então o homem soltava os cabos, a raspadeira cheia era apoiada no chão, e os cavalos a puxavam em círculo, até o aterro.

Do outro lado, o homem que conduzia a parelha pegava os cabos da raspadeira e a virava dentro do aro a que os cavalos estavam atrelados. A terra era toda despejada ali, enquanto a parelha puxava a raspadeira agora vazia pelo aterro de volta à terra arada.

Ali, o outro homem pegava os cabos e os levantava o bastante para enterrar a ponta arredondada na terra solta do trecho arado, enquanto a raspadeira se enchia de terra de novo e voltava a ser puxada em círculo pela parelha até o talude e esvaziada.

Parelha após parelha percorria o círculo, raspadeira após raspadeira era esvaziada. As parelhas nunca paravam de chegar; as raspadeiras nunca paravam de ser enchidas e esvaziadas.

Conforme a terra solta era retirada do trecho arado, a curva se alargava de modo que as raspadeiras podiam passar pelo terreno recém-arado. Depois, as parelhas voltavam a arar o solo que havia acabado de ser raspado.

– Funciona como um relógio – disse Pa. – Ninguém fica parado, ninguém corre. Assim que uma raspadeira enche, já tem outra pronta para assumir seu lugar. Os homens têm de segurá-las pelos cabos e enchê-las. Não podem esperar os arados, e os arados só vão até certo ponto antes de voltar para arar a terra que acabou de ser raspada. Esses homens fazem um excelente trabalho. Fred é um bom chefe.

Fred ficava ali perto, observando as parelhas e as raspadeiras trabalharem em círculo, os arados trabalhando e saindo à frente. Ele acompanhava a terra sendo removida e descartada, e com um aceno de cabeça ou uma palavra indicava a cada homem quando esvaziar sua raspadeira de modo que o terreno ficasse uniforme e nivelado.

Para cada seis parelhas, havia um homem que não fazia nada além de olhar. Se uma parelha se demorava, ele falava com o condutor, que ia mais rápido. Se uma parelha se apressava, ele falava com o condutor, que segurava os cavalos. As parelhas deviam ficar distanciadas igualmente e prosseguir rodando em círculo em velocidade constante, da terra arada ao aterro e de volta à terra arada.

Trinta parelhas, trinta raspadeiras, todas as parelhas duplas, todos os arados, todos os condutores, todos os responsáveis por raspadeiras giravam em círculo, mantendo-se em seu lugar e se movendo na hora certa, na pradaria aberta, exatamente como um relógio, tal qual Pa havia dito. Fred, o contramestre, ficava na proa da nova ferrovia, fazendo com que tudo funcionasse.

Laura nunca se cansaria de ver aquilo. Só que mais para o oeste havia mais para ver.

– Venha, canequinha – disse Pa. – Vamos ver como eles escavam e fazem a terraplanagem.

Laura acompanhou Pa ao longo da trilha. A grama esmagada pelas rodas das carroças parecia feno quebrado. Mais a oeste, depois de uma pequena elevação na pradaria, os homens abriam outro trecho de ferrovia.

No leve declive após a elevação, estavam fazendo a terraplanagem, e mais adiante escavavam um trecho de terreno mais alto.

– Está vendo, Laura? – Pa perguntou. – Onde a terra é baixa, eles a elevam. Onde a terra é alta, eles nivelam. O leito da ferrovia precisa ser plano, para que os trens corram sem problemas.

– Por quê, Pa? – Laura perguntou. – Por que os trens não podem simplesmente subir e descer com a pradaria?

Não havia colinas de verdade ali, e parecia um trabalho inútil ficar reduzindo as elevações e preenchendo as depressões só para nivelar o leito da ferrovia.

– Isso poupa trabalho mais para a frente – Pa disse. – Você deve ver isso sem que lhe expliquem, Laura.

Ela sabia que seria mais fácil para cavalos percorrer um terreno nivelado, mas uma locomotiva era um cavalo de ferro que nunca se cansava.

– Mas queima carvão – Pa disse. – O carvão tem de ser minerado, o que dá muito trabalho. Menos carvão é queimado para andar no reto do que para ficar subindo e descendo. Por isso, dá mais trabalho e sai mais caro nivelar o terreno, mas depois você economiza tanto trabalho quanto dinheiro, que pode usar mais para a frente.

– Para construir o quê, Pa? – Laura perguntou.

– Mais ferrovias – ele disse. – Eu não me surpreenderia se você visse uma época em que todos andassem de trem e quase não houvesse mais carroças.

Laura foi incapaz de imaginar tantas ferrovias ou tanta riqueza que quase todo mundo pudesse viajar de trem, mas tampouco se esforçou muito, porque haviam chegado a um trecho mais elevado, de onde podiam ver os homens trabalhando no nivelamento.

Ao longo das ondulações da pradaria, por onde os trens passariam, as parelhas com arado e as parelhas com raspadeiras abriam uma vala larga.

As parelhas com arados iam e voltavam, enquanto as parelhas com raspadeiras iam de um lado para o outro, todas se movendo em sincronia.

Ali, as raspadeiras não traçavam círculos: percorriam um circuito comprido e estreito, indo de um lado a outro, da escavação ao descarte.

O descarte era feito em uma vala profunda ao fim da área escavada e transversal a ela. Vigas pesadas escoravam as laterais da vala e formavam uma plataforma acima dela. Havia um buraco no meio da plataforma, e a terra tinha sido nivelada em volta, para formar uma estrada.

As parelhas saíam da área de escavação, uma atrás da outra, puxando as raspadeiras cheias. Elas subiam até o topo da vala e atravessavam a plataforma. Passavam pelo buraco, um cavalo de cada lado, e o condutor despejava a terra ali. Sem parar, a parelha descia, fazia a volta e retornava à escavação para encher a raspadeira outra vez.

O tempo todo, um círculo de carroças passava sob o buraco na plataforma. Sempre que uma raspadeira era descarregada, havia uma carroça sob o buraco para recolher a terra. Cada carroça esperava cinco raspadeiras descarregarem e então seguia em frente, para que a próxima assumisse seu lugar sob o buraco.

O círculo de carroças fazia uma curva e subia até o nível da ferrovia, perto da escavação. Ao passar, cada carroça descarregava a terra e elevava o nível. A parte de trás das carroças consistia apenas em plataformas de tábuas pesadas. Para despejar a terra, as tábuas eram viradas, uma por vez. Depois a carroça seguia em frente, descendo no aterro e retornando ao círculo para ser carregada de novo.

Poeira voava para todo lado, por causa dos arados e das raspadeiras, e da plataforma ao fim da colina. Havia sempre uma nuvem se levantando, e a poeira grudava nos homens e nos cavalos suados. O rosto e os braços dos homens ficavam marrons do sol e da terra. Suas camisas azuis ou cinza ficavam manchadas de suor. A crina, o rabo e os pelos dos cavalos ficavam cheios de poeira, e uma camada de suor e lama cobria seus flancos.

Todos seguiam, devagar e sempre, indo e voltando, enquanto os arados avançavam e recuavam, circulando a plataforma e voltando à fila sob ela. A escavação ficava cada vez mais profunda, e a depressão, cada vez mais preenchida, enquanto homens e parelhas continuavam trabalhando, sem nunca parar.

– Eles não erram – Laura comentou, maravilhada. – Sempre que uma raspadeira é esvaziada, tem uma carroça esperando lá embaixo.

– É isso que os chefes fazem – Pa disse. – Garantem que estejam todos sincronizados, como numa música. Olhando para eles, você vai ver como funciona. É um belo trabalho.

Os chefes se encontravam na elevação adiante, entre a escavação e a depressão. Observavam os homens e as parelhas e os mantinham em movimento. Seguravam uma parelha e apressavam outra. Ninguém parava para esperar. Ninguém se atrasava.

Laura ouviu um chefe gritar de seu lugar:

– Um pouco mais rápido, rapazes!

– Viu? – Pa comentou. – Está quase no fim do dia de trabalho, e todos desaceleraram um pouco. Um bom chefe não deixa esse tipo de coisa passar.

A tarde havia se passado enquanto Pa e Laura observavam os círculos se movendo para abrir a ferrovia. Era hora de voltar para a loja e para a cabana. Laura deu uma última olhada antes de ir embora.

No caminho, Pa mostrou a ela os números pintados nas estacas fincadas no solo em linha reta, onde os trilhos estariam. Agrimensores tinham posicionado aquelas estacas. Os números indicavam em que altura o terreno deveria estar. Os agrimensores tinham medido tudo e chegado aos números certos antes que qualquer outro homem passasse por ali.

Primeiro, alguém havia pensado em construir uma ferrovia. Então os agrimensores tinham ido àquele território desocupado e feito medidas e marcações para uma estrada de ferro inexistente, que não passava de algo imaginado. Depois chegavam homens com arados para revolver a terra, homens com raspadeiras para recolhê-la e homens com carroças para transportá-la. Todos diziam que estavam trabalhando na ferrovia, quando na verdade a ferrovia não existia. Não havia nada ali além de terra escavada, trechos estreitos de aterro, montes acumulados, todos apontando para o oeste através da enorme extensão de gramíneas.

– Quando o aterro estiver terminado – Pa disse –, vão vir homens com pás para acertar as laterais e nivelar em cima.

– Depois vão colocar os trilhos – Laura disse.

– Não se apresse, canequinha. – Pa riu dela. – Antes precisam mandar os dormentes; só depois vai ser hora dos trilhos. Roma não foi construída num único dia, tampouco uma ferrovia ou qualquer coisa que valha a pena.

O sol estava tão baixo agora que cada elevação na pradaria projetava sua própria sombra a leste, e no céu vasto e pálido os bandos de patos e as formações de gansos desciam para passar a noite no lago. O vento soprava limpo agora, e Laura deixou sua touca cair da cabeça para senti-lo no rosto e ver toda a extensão da pradaria.

Não havia ferrovia ali, mas algum dia os trilhos de aço correriam planos por todo o terreno, e os trens chegariam rugindo e fumegando, a toda a velocidade. Podiam não estar ali agora, mas Laura era capaz de vê-los, quase como se realmente estivessem ali.

De repente, ela perguntou:

– Foi assim que veio a primeira estrada de ferro, Pa?

– Como? – ele perguntou.

– As ferrovias existem exatamente porque alguém pensou nelas quando não existiam?

Pa refletiu por um minuto.

– Isso mesmo – ele disse. – É assim que as coisas são criadas: alguém precisa pensar nelas primeiro. Se pessoas pensam em algo e trabalham duro por isso, acho que vai acabar acontecendo, se o clima e o vento permitirem.

– O que é aquela casa, Pa? – Laura perguntou.

– Que casa?

– Aquela casa de verdade.

Laura apontou para ela. Vivia querendo perguntar a ele sobre a casa que ficava isolada na margem norte do lago, mas sempre esquecia.

– É a casa dos agrimensores – Pa explicou.

– Eles estão lá agora? – Laura perguntou.

– Eles vêm e vão. – Quando estavam quase chegando à beira do lago, Pa disse: – Agora vá correndo para casa, canequinha. Ainda preciso trabalhar um pouco. Agora que sabe como uma estrada de ferro é construída, quero que conte tudo a Mary.

– Vou contar, vou contar! – ela prometeu. – Vou ver em voz alta para ela, em detalhes.

Laura fez o seu melhor, mas Mary apenas disse:

– Não sei mesmo por que você prefere ver aqueles homens trabalhando na terra a ficar nesta cabana limpa e agradável. Terminei outro quadrado da colcha enquanto você perdia tempo.

Mas Laura continuava vendo o movimento dos homens e cavalos em perfeita sincronia e quase chegava ao ponto de cantar no mesmo ritmo.

Dia de pagamento

Duas semanas já haviam se passado, e agora Pa trabalhava até muito depois do jantar em seu escritório nos fundos da loja. Estava fazendo os demonstrativos.

A partir do livro de ponto, ele contava os dias que cada homem havia trabalhado e calculava o valor que deveria receber. Depois, somava o que a pessoa em questão devia para a loja e o quanto havia gastado com refeições. Por fim, subtraía essa quantidade do pagamento e fazia os demonstrativos.

No dia de pagamento, Pa entregava a cada homem o respectivo demonstrativo e o dinheiro devido.

Laura sempre havia ajudado Pa com o trabalho. Quando era pequena, na Grande Floresta, ela o ajudava a fazer balas para sua arma; no território indígena, ajudara a terminar de construir a casa; no riacho, ajudara com as tarefas e com o feno. Mas, agora, não podia mais ajudá-lo, porque Pa dizia que a companhia não queria que houvesse ninguém além dele trabalhando no escritório.

Mesmo assim, ela sempre sabia o que Pa estava fazendo, porque dava para enxergar a loja da entrada da cabana. Laura via todo mundo que entrava e saía.

Uma manhã, ela notou uma parelha avançar correndo rumo à loja. Um homem vestindo roupas finas desceu da carroça e entrou. Dois outros homens ficaram esperando do lado de fora, observando a porta e olhando em volta como se temessem alguma coisa.

Pouco tempo depois, o primeiro homem saiu e subiu na carroça. Depois de olhar em volta outra vez, eles foram embora, apressados.

Laura saiu correndo da cabana. Estava certa de que algo havia se passado. Seu coração batia desenfreado e deu um salto quando ela viu Pa sair da loja em segurança.

– Aonde vai, Laura? – Ma perguntou.

– A lugar nenhum, Ma – Laura respondeu.

Pa voltou para a cabana e bateu a porta atrás de si. Então tirou um saco de lona pesado do bolso.

– Quero que cuide disso, Caroline – ele disse. – É o pagamento dos homens. Qualquer pessoa com intenção de roubar procuraria na loja.

– Pode deixar, Charles. – Ma enrolou um pano limpo em volta do saco de lona e o enfiou no fundo do saco de farinha aberto. – Ninguém vai pensar em procurar aqui.

– Foi aquele homem que trouxe, Pa? – Laura perguntou.

– Sim. Era o tesoureiro – ele respondeu.

– Os homens que o acompanhavam pareciam estar com medo – Laura comentou.

– Ah, eu não diria isso. Só estavam protegendo o tesoureiro, para impedir que fosse roubado – Pa explicou. – Ele carrega consigo alguns milhares de dólares em dinheiro, para pagar todos os homens nos acampamentos, e podem se aproveitar disso. A carroça estava cheia de armas. Aqueles homens não precisam ter medo.

Enquanto Pa voltava para loja, Laura viu o punho de um revólver despontando do bolso. Sabia que ele não estava com medo. Ela olhou para a carabina acima da porta e a espingarda a um canto. Ma sabia usar aquelas armas. Não havia perigo de que ladrões roubassem o dinheiro.

Laura acordou diversas vezes naquela noite. De vez em quando, ouvia Pa se mexer na cama do outro lado da cortina. A noite parecia mais escura e cheia de barulhos estranhos, por causa do dinheiro no saco de farinha. Mas ninguém pensaria em procurar ali, e de fato ninguém procurou.

Logo cedo, Pa levou o dinheiro para a loja. Era dia de pagamento. Depois do café, todos os homens se reuniram em volta da loja e foram entrando um a um. Iam saindo um a um também e formavam grupinhos para conversar. Não trabalhariam naquele dia, porque era dia de pagamento.

No jantar, Pa avisou que precisaria voltar ao escritório.

– Alguns homens não entenderam por que receberam apenas por duas semanas de trabalho – ele disse.

– E por que não receberam pelo mês inteiro? – Laura perguntou a ele.

– Veja, Laura, leva tempo para fazer os demonstrativos e enviá-los. Só então o tesoureiro traz o dinheiro. Hoje, paguei a eles o salário até o dia 15. Daqui a duas semanas, vou pagar pelo trabalho realizado até hoje. Alguns deles não conseguem entender que precisam esperar duas semanas para receber. Querem receber tudo até o dia de ontem.

– Não se preocupe, Charles – Ma disse. – Não pode esperar que compreendam como o negócio funciona.

– Eles sabem que não é sua culpa, não sabem, Pa? – Mary perguntou.

– Essa é a pior parte, Mary. Não sei – Pa respondeu. – Bom, ainda tenho trabalho contábil a fazer no escritório.

A louça do jantar logo estava lavada. Ma se sentou na cadeira de balanço com Grace, para colocá-la para dormir, e Carrie se aninhou junto a ela. Laura se sentou com Mary à entrada, enquanto a luz deixava as águas do lago. Via tudo em voz alta para Mary.

– Os últimos resquícios de luz brilham fracos no meio do lago tranquilo. Ao redor da água está escuro. Os patos dormem, e a terra está mais do que preta. As estrelas começam a aparecer no céu cinza. Pa acendeu uma lamparina. Ela brilha amarela nos fundos da loja. Ma! – Laura gritou de repente. – Tem uma multidão se formando. Veja!

Homens se reuniam em volta da loja. Não diziam nada, e seus pés não fizeram barulho na grama. Mas a massa escura de homens ia crescendo rapidamente.

Ma se levantou na mesma hora e deitou Grace na cama. Então foi olhar por cima da cabeça de Laura e de Mary.

– Entrem, meninas – ela disse, tranquila.

As duas obedeceram e fecharam a porta, deixando apenas uma fresta, pela qual Laura continuou olhando.

Mary se sentou na cadeira de balanço com Carrie, mas Laura ficou espiando por baixo do braço de Ma. A multidão se fechava em volta da loja. Dois homens subiram o degrau de entrada e bateram à porta.

A multidão aguardou em silêncio. O próprio crepúsculo ficou em silêncio por um momento.

Então os homens voltaram a bater à porta, e um deles gritou:

– Abra, Ingalls!

A porta se abriu. Pa apareceu, à luz da lamparina, e fechou a porta atrás de si. Os dois homens que haviam batido recuaram e se juntaram à multidão. Pa ficou de pé no degrau, com as mãos no bolso.

– Muito bem, rapazes, o que querem? – ele perguntou, baixo.

Uma voz saiu da multidão:

– Queremos nosso pagamento.

Outras vozes gritaram:

– Nosso pagamento integral!

– O salário de duas semanas que você reteve!

– Vamos pegar nosso dinheiro!

– Vocês receberão o restante do pagamento daqui a duas semanas, assim que eu conseguir fazer os demonstrativos – disse Pa.

As vozes voltaram a gritar.

– Queremos agora!

– Sem demora!

– Vamos pegar o dinheiro hoje!

– Não tenho como pagar vocês agora, rapazes – Pa disse. – Só vou ter o dinheiro quando o tesoureiro voltar.

– Abra a loja! – alguém disse.

Os gritos recomeçaram:

– Isso! Isso serve! Abra a loja! Abra a loja!

– Não, rapazes. Não vou abrir a loja – Pa disse, calmo. – Venham amanhã de manhã e poderão pegar o que quiserem, na conta de vocês.

– Abra a loja ou vamos abrir para você! – alguém gritou.

A multidão rugiu. A massa de homens avançou na direção de Pa, como se movida pelo rugido.

Laura tentou passar por baixo do braço de Ma, que a segurou pelos ombros e a puxou de volta.

– Deixe-me ir! Vão machucar Pa! Deixe-me ir, vão machucar Pa! – Laura disse, entre um grito e um sussurro.

– Fique quieta! – Ma disse a ela, com uma voz que Laura nunca havia ouvido.

– Fiquem longe, rapazes. Não cheguem perto demais – Pa disse, com frieza.

Laura começou a tremer. Então ouviu outra voz, chegando dos fundos da multidão. Era profunda e forte, e podia ser claramente ouvida, apesar de não se exceder em altura.

– O que está acontecendo, rapazes?

No escuro, Laura não enxergava a camisa vermelha, mas só Grande Jerry era alto daquele jeito. Seus ombros, seu pescoço e sua cabeça estavam acima das outras figuras nas sombras. Além deles, no crepúsculo, havia um borrão que devia ser seu cavalo branco. Um tumulto de vozes respondeu a Grande Jerry, que riu. Sua risada era alta e estrondosa.

– Seus tolos! – Grand Jerry riu de novo. – Para que essa confusão? Querem as coisas da loja? Bem, amanhã podemos pegar tudo o que quisermos. Ainda estarão aqui. Ninguém poderá nos impedir depois que tivermos começado.

Laura ouvia a linguagem rude que Grande Jerry usava. O que ele dizia era entremeado por palavrões e outras palavras que ela nunca havia ouvido. Na verdade, Laura mal o ouvia agora, porque estava arrasada. Sentia-se em cacos, como um prato depois de cair, agora que Grande Jerry havia ficado do lado daqueles homens.

A multidão agora cercava Grande Jerry. Ele chamava os homens pelo nome e falava sobre beber e jogar cartas. Alguns foram com ele para o alojamento. Os outros se dispersaram e sumiram na escuridão.

Ma fechou a porta.

— Hora de dormir, meninas — ela disse.

Laura foi tremendo para a cama, como Ma havia lhe dito. Pa não voltou. De tempos em tempos, Laura ouvia um rompante de vozes altas e roucas vindo do acampamento, e às vezes cantoria. Ela sabia que não dormiria até que Pa chegasse.

De repente, seus olhos se abriram. Era manhã.

Mais além, o céu queimava dourado, atravessado por uma linha de nuvens vermelhas. O lago estava rosado; as aves selvagens voavam aos gritos. O acampamento também estava barulhento. Os homens se reuniam em volta da sede e conversavam animados.

Ma e Laura saíram para observar de perto da cabana. Ouviram um grito e viram Grande Jerry pular em seu cavalo branco.

— Vamos, rapazes! — ele gritou. — Vamos nos divertir um pouco!

O cavalo branco empinou, deu uma volta no lugar e empinou de novo. Grande Jerry soltou um grito selvagem, e o cavalo branco disparou a correr. Eles seguiram para a pradaria, a oeste. Os homens correram para o estábulo e em um minuto estavam montados e o seguiam. A multidão foi embora nos cavalos.

Uma grande calmaria tomou conta do acampamento e de Laura e Ma.

— Ora, ora! — Ma disse.

Elas viram Pa indo da loja para a sede. Fred, o contramestre, saiu da cabana, e os dois conversaram por um minuto. Depois Fred foi para o estábulo, montou em seu cavalo e galopou para oeste também.

Pa chegou rindo. Ma disse que não entendia qual era o motivo daquelas risadas.

— Aquele Grande Jerry! — Pa riu mais. — Levou todos os homens para criar confusão em outro lugar!

— Onde? — Ma perguntou, séria.

Pa ficou sério também.

— Há um motim acontecendo no acampamento de Stebbins. Homens de todos os acampamentos estão indo para lá. Você tem razão, Caroline, isso não tem graça.

O acampamento ficou quieto o dia todo. Laura e Mary não saíram para caminhar. Não havia como saber o que estava acontecendo no acampamento de Stebbins ou quando aquela multidão perigosa retornaria. Ma passou o dia todo ansiosa, com os lábios franzidos, suspirando sem perceber de tempos em tempos.

Quando os homens voltaram, já estava escuro. Eles adentraram o acampamento mais tranquilos do que haviam partido. Jantaram na sede e foram se deitar no alojamento.

Laura e Mary ainda estavam acordadas quando Pa voltou da loja, tarde. Ficaram quietinhas na cama para ouvir Pa e Ma conversarem do outro lado da cortina.

– Não há nada com que se preocupar, Caroline – Pa disse. – Eles estão cansados, e está tudo tranquilo.

Pa bocejou e se sentou para tirar as botas.

– O que eles fizeram, Charles? Alguém se feriu? – Ma perguntou.

– Enforcaram o tesoureiro – Pa disse. – E um homem ficou gravemente ferido. Colocaram-no numa carroça e foram com ele para o leste, atrás de um médico. Não fique chateada, Caroline. Devemos agradecer por termos nos livrado fácil. Agora tudo acabou.

– Não ficarei chateada, mas ainda não acabou – Ma disse, com a voz trêmula.

– Venha aqui – Pa disse. Laura sabia que Ma devia estar se sentando no colo de Pa. – Sei disso – ele falou. – Não se preocupe, Caroline. O aterro está quase concluído. Não vai demorar muito para os acampamentos fecharem. No próximo verão, estaremos acomodados em nosso próprio terreno.

– Quando vai escolher um? – Ma perguntou.

– Assim que os acampamentos forem fechados. Por enquanto, não tenho um minuto de folga na loja – disse Pa. – Você sabe disso.

– Eu sei, Charles. O que fizeram com os homens que... mataram o tesoureiro?

– O tesoureiro não morreu – Pa disse. – O acampamento de Stebbins é igual a este: o escritório fica nos fundos da loja, que tem uma única porta. O tesoureiro se trancou no escritório e pagou os homens através de uma pequena abertura ao lado da porta.

"Tem mais de trezentos e cinquenta homens em Stebbins. Eles queriam receber o pagamento até o dia de ontem, como os homens aqui. Quando receberam pelo trabalho até o dia 15, a coisa ficou feia. A maioria deles carrega arma, então foram todos para a loja e ameaçaram atirar em tudo se não recebessem o valor integral.

"Na confusão, dois homens começaram a discutir, e um deles acertou a cabeça do outro com um peso da balança. O homem desabou. Levaram-no para fora para respirar, mas ele não recuperou os sentidos.

"Então a multidão foi com uma corda atrás do homem que o havia atingido. Seguiram seu rastro até o charco, mas não conseguiram encontrá-lo entre as gramíneas altas. Procuraram por toda parte, com o mato acima da cabeça, e imagino que tenham passado por cima de qualquer rastro que o homem possa ter deixado.

"As buscas prosseguiram até depois do meio-dia. Para a sorte do homem, não o encontraram. Quando a multidão voltou à loja, a porta estava trancada. Ninguém conseguia entrar. Alguém havia posto o homem ferido em uma carroça e rumado para leste, atrás de um médico.

"Àquela altura, chegavam homens de todos os outros acampamentos. Eles comeram tudo o que conseguiram na sede, e a maioria bebeu também. Ficaram batendo na porta da loja e gritando para que o tesoureiro abrisse e pagasse a eles, mas ninguém respondia.

"É difícil lidar com uma multidão de quase mil bêbados. Alguém viu a corda e então gritou: 'Vamos enforcar o tesoureiro!'. Então todos começaram a gritar: 'Enforquem! Enforquem!'.

"Dois homens subiram em cima do telhado e abriram um buraco nele. Deixaram a ponta da corda cair da beira do telhado, e a multidão a segurou. Então os dois homens passaram o laço pelo pescoço do tesoureiro."

– Basta, Charles. As meninas estão acordadas – disse Ma.

– Pff, foi só isso – Pa disse. – Puxaram uma ou duas vezes a corda, e ele cedeu.

– Então o tesoureiro não foi enforcado?

– Não o bastante para sair machucado. A multidão tentou arrombar a loja com jugos, e o responsável a abriu. Um dos homens que havia entrado no escritório cortou a corda e soltou o tesoureiro, então abriu a janelinha para que pagassem todos os homens o que acreditavam que lhes era devido.

Muitos rapazes de outros acampamentos pegaram seu dinheiro também. Ninguém se importou com os demonstrativos.

– Que vergonha! – Laura gritou. Pa abriu a cortina. – Por que ele fez isso? Eu não faria! Eu não faria! – ela prosseguiu, antes que Pa ou Ma pudessem dizer alguma coisa. Estava de joelhos na cama, com os punhos cerrados.

– Não faria o quê? – Pa perguntou.

– Não pagaria! Não poderiam me obrigar! Não obrigaram você!

– A multidão era muito maior que a da noite de ontem. E o tesoureiro não contou com a ajuda de Grande Jerry – Pa disse.

– Mas você não teria pagado, Pa – Laura disse.

– Xiu! – Ma a repreendeu. – Vai acordar Grace. Fico feliz que o tesoureiro tenha sido sensato. É melhor ser um cão vivo que um leão morto.

– Ah, Ma, não! Não pode pensar assim – Laura sussurrou.

– Discrição é o verdadeiro heroísmo – Ma murmurou. – Agora vão dormir.

– Por favor, Ma – Mary sussurrou. – Como ele conseguiu pagar os homens? Onde conseguiu o dinheiro, se já havia entregado tudo o que tinha?

– É verdade. Onde ele conseguiu o dinheiro? – Ma perguntou.

– Na loja. É uma loja grande, e já havia recebido à maior parte do salário dos homens. Eles gastam rápido – explicou Pa. – Agora ouçam Ma, meninas, e vão dormir.

Pa voltou a fechar a cortina.

Mary e Laura continuaram conversando baixinho debaixo da colcha, até Ma apagar a lamparina. Mary disse que gostaria de voltar ao riacho. Laura não disse nada. Gostava da sensação da pradaria selvagem cercando a cabana. Seu coração batia forte e rápido; em sua mente, ela ouvia o rugido selvagem da multidão e a voz fria de Pa dizendo: *Não cheguem perto demais.* Laura se lembrou dos homens e dos cavalos suados avançando em meio às nuvens de poeira, construindo a ferrovia como em uma peça de música. Ela não queria voltar nunca à margem do riacho.

Asas sobre o lago

O clima foi ficando mais frio, e o céu se enchia de asas e aves voando. De leste a oeste, de norte a sul, até onde a vista alcançava no céu azul, havia pássaros, pássaros e pássaros, batendo as asas.

À noite, eles desciam sem parar do céu, cruzando o ar para descansar nas águas do lago.

Havia gansos cinza enormes; barnacles menores e brancos, que pareciam neve à beira da água; patos de todos os tipos: marrecos com as asas cintilando em roxo ou verde, patos-de-cabeça-vermelha, zarros-bastardos, patos-de-dorso-branco, cercetas e muitos outros cujo nome Pa não conhecia. Havia garças, pelicanos e grous. Havia pequenos galeirões e mergulhões-de-pescoço-castanho que salpicavam a água com seus corpinhos pretos. Quando um tiro soava, os mergulhões se enfiavam na água e desapareciam depressa. Podiam passar um bom tempo submersos, distantes da superfície.

Ao pôr do sol, o enorme lago ficava coberto de aves de todos os tipos, que falavam umas com as outras em todo tipo de voz antes de ir dormir para descansar de sua longa jornada do norte ao sul. Eram guiados pelo inverno, que os perseguia. Sabiam que estava chegando, por isso partiam antes, para poder descansar no caminho. Descansavam a noite toda, confortáveis na água em que flutuavam suavemente, e quando amanhecia voltavam a levantar voo, com as asas fortes e revigoradas.

Um dia, Pa saiu para caçar e voltou com uma ave grande, branca como a neve.

– Sinto muito, Caroline – ele disse, sério. – Não teria atirado se soubesse. É um cisne. Bonito demais para caçar. Eu não fazia ideia. Nunca tinha visto um voando.

– Não resta nada a fazer, Charles – Ma disse a ele. Ficaram todos olhando com pena para aquela bela ave, que nunca voltaria a voar. – Venha. Vou arrancar as penas, e você pode tirar a pele, para depois curar com a penugem.

– É maior do que eu – Carrie disse.

O cisne era tão grande que Pa até o mediu. Da ponta de uma asa aberta até a outra, dava quase dois metros e meio de largura.

Outro dia, Pa voltou com um pelicano, para mostrar a Ma como era. Quando abriu o enorme bico, peixes mortos caíram do papo. Ma levantou o avental contra o rosto, enquanto Carrie e Grace tapavam o nariz.

– Leve daqui, Charles, depressa! – Ma disse, através do avental.

Alguns peixes ainda estavam frescos, mas outros estavam mortos havia muito, muito tempo. Pelicanos não serviam para comer. Ma não pôde guardar nem as penas para rechear travesseiros, porque cheiravam a peixe podre.

Pa caçava todos os patos e cisnes que serviam de alimento, mas de resto só atirava em falcões, que matavam outras aves. Todos os dias, Laura e Ma arrancavam as penas da pele escaldada de patos e gansos que Pa havia caçado para comerem.

– Logo teremos o bastante para outro colchão de penas – Ma disse. – Assim você e Mary poderão dormir em colchão de penas no inverno.

Aqueles dias dourados de outono foram repletos de asas. Asas batendo baixo sobre a água azul do lago, asas batendo alto no ar azul lá em cima. Asas de gansos, barnacles, patos, pelicanos, grous, garças, cisnes e gaivotas, que levavam todas as aves para os campos verdes do sul.

As asas, o clima dourado e o cheiro penetrante da geada pela manhã deixavam Laura com vontade de ir a algum lugar. Ela não sabia aonde. Só queria ir.

– Vamos mais para oeste – ela disse uma noite, depois do jantar. – Pa, não podemos ir para oeste quando tio Henry for?

Tio Henry, Louisa e Charley tinham juntado dinheiro para ir para oeste. Iam voltar para a Grande Floresta para vender a fazenda; depois, no inverno, iriam com tia Polly para Montana.

– Por que não vamos também? – Laura insistiu. – Você ganhou muito dinheiro, Pa. Trezentos dólares. E temos cavalos e a carroça. Ah, Pa, vamos para oeste!

– Por favor, Laura... – Ma disse. – O que...

Ela não conseguiu continuar.

– Eu sei, canequinha – Pa disse, com uma voz bondosa. – Eu e você queremos voar como os pássaros. Mas há muito tempo prometi a Ma que nossas meninas iriam para a escola. Não há escolas no oeste. Quando construírem uma cidade aqui, haverá uma escola. Conseguirei um lote de terra, e vocês irão para a escola, Laura.

Ela olhou para Ma, depois olhou para Pa outra vez, e soube que seria daquele jeito. Pa ficaria na propriedade, e ela iria para a escola.

– Vai me agradecer um dia, Laura – Ma disse, gentil. – E você também, Charles.

– Se você estiver feliz, Caroline, eu também estarei – Pa disse.

Era verdade, mas ele queria ir para o oeste. Laura se concentrou na bacia de água e voltou a lavar a louça do jantar.

– Outra coisa, Laura – Pa disse. – Você sabe que Ma foi professora, assim como a mãe dela. Ma está convencida de que uma de suas filhas deve lecionar na escola, e acho que vai ter que ser você. Por isso, deve ser educada.

O coração de Laura deu um pulo no peito, depois pareceu cair sem parar. Ela não disse nada. Sabia que Pa e Ma, e Mary também, haviam pensado que Mary ia se tornar professora. Agora, ela não podia lecionar, e... *Ah, não! Não quero!*, Laura pensou. *Não quero! Não posso.* Por fim, Laura disso a si mesma: *Mas preciso.*

Não podia decepcionar Ma. Faria como Pa havia dito. Quando crescesse, teria de lecionar na escola. Além do mais, não tinha outra maneira de ganhar dinheiro.

Levantando acampamento

Agora, a vasta terra ondulava ligeiramente em cores suaves sob o céu desbotado. As gramíneas estavam douradas e cobriam a pradaria com tons de amarelo, cobre, marrom e castanho-acinzentado. O charco era um pouco mais escuro e verde. Os pássaros já não eram tantos, e tinham pressa. Com frequência, ao pôr do sol, um bando conversava ansioso, acima do lago, e, em vez de descer para comer e descansar naquelas águas que deviam ser tentadoras, o líder, cansado, cedia seu lugar a outro, de modo que pudessem seguir rumando para o sul. O frio do inverno não estava muito longe, e eles não podiam parar e descansar.

Quando iam para a ordenha nas manhãs geladas e nos fins de tarde frios, Laura e Lena usavam xales sobre a cabeça e no pescoço. O vento castigava suas pernas nuas e seus narizes, mas, quando elas se agachavam para tirar o leite das vacas, os xales as cobriam bem e aqueciam seus pés. As duas cantavam enquanto trabalhavam.

Aonde vai, bela donzela?
Vou ordenhar, disse ela.
Posso ir, bela donzela?
Se desejar, disse ela.

Qual é sua graça, bela donzela?
Meu rosto é minha graça, disse ela.
Então não te posso desposar, bela donzela?
Ninguém pediu que o fizesse, disse ela.

– Bem, acho que vamos ficar um bom tempo sem nos vermos – Lena disse um fim de tarde.

A construção do aterro estava quase concluída. Logo cedo, na manhã seguinte, Lena, Jean e tia Docia iriam embora. Sairiam antes de o sol nascer, porque levariam consigo três carroças grandes de produtos das lojas. Não tinham dito a ninguém que iam embora, porque não queriam ser pegos pela companhia.

– Pena que não tivemos tempo de andar nos pôneis de novo – Laura disse.

– Meu Deus! – Lena foi corajosa ao soltar aquela expressão profana. – Ainda bem que o verão acabou! Odeio ficar dentro de casa. – Ela balançou o balde de leite e começou a cantarolar: – Chega de cozinhar, chega de louça, chega de roupa, chega de varrer! Eba! – Depois concluiu: – Bem, adeus. Acho que vocês vão passar o resto da vida aqui.

– Acho que sim – Laura disse, muito infeliz. Tinha certeza de que Lena ia para oeste. Talvez até para o Oregon. – Adeus, então.

Na manhã seguinte, Laura ordenhou a única vaca sozinha. Tia Docia havia ido embora com grande parte da farinha do barracão. Lena fora conduzindo uma carroça com produtos da loja, e Jean fora conduzindo outra com arados e raspadeiras. Tio Hi iria atrás deles assim que acertasse tudo com a companhia.

– Imagine só o tamanho da dívida de Hi quando decidirem cobrar dele tudo o que levaram – Pa comentou.

– Você não deveria ter impedido, Charles? – Ma perguntou, preocupada.

– Não é o meu papel – Pa disse. – Me disseram para deixar o empreiteiro levar o que quisesse e colocar na conta dele. Ah, vamos, Caroline! Não se trata de roubo. Hi não levou nada além do que lhe devem por seu trabalho aqui e no acampamento no Big Sioux. A companhia o enganou lá, e ele compensou aqui. Só isso.

Ma suspirou.

– Bem, vou ficar feliz quando os acampamentos forem desmontados e estivermos estabelecidos.

O acampamento estava sempre movimentado com os homens indo retirar seu último pagamento e partindo. Carroça após carroça seguia para leste. A cada noite, o lugar ficava mais vazio. Um dia, tio Henry, Louisa e Charley começaram sua longa viagem de volta a Wisconsin, para vender a fazenda. A sede e o alojamento ficaram desertos. A loja estava vazia, e Pa só esperava que um funcionário da companhia aparecesse para verificar os livros.

– Vamos ter que ir para leste durante o inverno – ele disse a Ma. – Mesmo que a companhia nos deixasse ficar ou que tivéssemos carvão, esta cabana é fina demais para o clima.

– Ah, Charles – Ma disse –, você ainda não escolheu nosso terreno. Se gastarmos todo o dinheiro que você ganhou só para sobreviver até a primavera...

– Eu sei. Mas o que nos resta fazer? – Pa disse. – Posso encontrar o terreno antes de partirmos, para voltarmos na primavera. Talvez no verão eu consiga um trabalho que nos sustente e pague a madeira necessária para construir uma casa. Eu poderia fazer uma casa mais simples, mas mesmo assim gastaríamos até a primavera tudo o que temos, com o preço dos suprimentos e do carvão. É melhor passarmos o inverno mais para leste.

Foi muito difícil partir. Laura tentava se animar, mas não conseguia. Não queria voltar para o leste. Odiava a ideia de deixar o lago. Tinham chegado até ali, e ela preferiria ficar, em vez de andar para trás. Mas, se era preciso, estava decidido. Na primavera seguinte, tentariam de novo. Não adiantaria nada reclamar.

– Não está se sentindo bem, Laura? – Ma perguntou.

– Estou, sim, Ma! – ela respondeu, mas se sentia tão pesada e sorumbática que as tentativas de se animar só a deixavam mais infeliz.

O funcionário da companhia apareceu para verificar os livros de Pa, e as últimas carroças passavam. Até o lago parecia vazio, sem nenhuma ave.

O céu também, a não ser por alguns que voavam apressados. Ma e Laura remendaram a cobertura do vagão e assaram pão para a longa viagem.

Naquela noite, Pa chegou da loja assoviando. Foi como uma brisa entrando na cabana.

– O que acha de ficar aqui durante o inverno, Caroline? – ele cantarolou. – Na casa dos agrimensores?

– Ah, Pa! Podemos mesmo? – Laura perguntou.

– Claro que sim! – Pa disse. – Se Ma aceitar. É uma boa casa, firme e resistente ao clima, Caroline. O chefe dos agrimensores passou na loja agora há pouco. Disse que eles estavam achando que teriam que ficar e já haviam se abastecido de carvão e provisões, mas que preferem voltar se eu puder tomar conta do lugar e me responsabilizar pelas ferramentas da companhia até a primavera. O funcionário da companhia já concordou.

"Lá tem farinha, feijão, carne salgada e batata, além de comida enlatada, segundo me disse. E carvão. Podemos ficar com tudo de graça, se permanecermos aqui no inverno. A vaca e os cavalos podem ficar no estábulo. Eu disse a ele que daria uma resposta amanhã cedo. O que me diz, Caroline?"

Todos olharam para Ma e aguardaram. Laura mal podia conter a animação. Ficar no lago! Sem precisar voltar para leste! Ma parecia decepcionada, porque queria voltar para território colonizado. Mas disse:

– Parece mesmo providencial, Charles. Você disse que tem carvão lá?

– Eu nem pensaria em ficar se não tivesse – Pa disse. – Mas tem carvão, sim.

– Bem, o jantar está servido – Ma falou. – Lavem-se e comam antes que esfrie. Parece uma boa oportunidade, Charles.

Não falaram de outra coisa no jantar. Seria muito agradável morar em uma casa aconchegante. Mesmo com a porta fechada e o fogo aceso, a cabana era fria, porque o vento entrava por entre as frestas.

– Não se sente uma mulher rica, Ma... – Laura começou a dizer.

– Não – Ma a cortou.

– Não se sente uma mulher rica, Ma, só de pensar nas provisões para o inverno todo estocadas na casa? – Laura concluiu.

– Não vamos gastar nem um centavo até a primavera – disse Pa.

– Sim, Laura. – Ma sorriu. – Você tem razão, Charles, claro. Temos que ficar.

– Não sei, Caroline – Pa disse. – Em alguns sentidos, seria melhor não ficar. Até onde sei, nosso vizinho mais próximo estará em Brookings. São quase cem quilômetros de distância. Se algo acontecer...

Uma batida à porta assustou a todos.

– Entre! – disse Pa, e um homenzarrão abriu a porta. Usava um casaco grosso e um cachecol. Sua barba era curta e preta, suas faces eram vermelhas, seus olhos eram tão pretos quanto os do *papoose* que Laura havia visto no território indígena e nunca esquecera.

– Olá, Boast! – Pa disse. – Chegue mais perto do fogo; a noite está fria. Estas são minha mulher e minhas filhas. O senhor Boast entrou com um pedido para um lote de terra e trabalhou no aterro.

Ma ofereceu uma cadeira perto do fogo ao senhor Boast, que estendeu as mãos para esquentá-las. Uma delas estava enfaixada.

– Machucou a mão? – ela perguntou, gentil.

– Só torci – o senhor Boast disse. – Mas o calor vai fazer bem. – Ele se virou para Pa e falou: – Preciso de ajuda, Ingalls. Lembra a parelha que vendi a Pete? Ele me pagou uma parte na hora e disse que acertaria o resto no próximo dia e pagamento. Mas ficou adiando, e agora se mandou com os animais. Eu iria atrás dele para recuperá-los, mas Pete está com o filho, e acho que resistiriam. Não quero ter de enfrentar dois valentões sozinhos, principalmente com a mão machucada.

– Ainda resta o bastante de nós por aqui para cuidar disso – falou Pa.

– Não é isso que desejo – disse o senhor Boast com um tom sério. – Não quero criar problemas.

– Então onde é que eu entro? – Pa perguntou.

– Eu estava pensando... Este lugar não tem lei, não tem polícia, não faz parte de um condado. Não há como cobrar uma dívida. Mas talvez Pete não saiba disso.

– Ah... – Pa disse. – Você quer que eu forje uma ordem judicial?

– Já tenho um homem para se fingir de xerife – o senhor Boast disse.

Seus olhos brilhavam tanto quanto os de Pa, embora fossem diferentes. Os olhos do senhor Boast eram pequenos e pretos, enquanto os de Pa eram grandes e azuis.

Pa riu e deu um tapa no próprio joelho.

– Que piada! Por sorte, ainda tenho um pouco de papel oficial. Posso fazer um documento para você. Vá buscar seu xerife!

Ma e Laura foram arrumar a mesa depressa quando o senhor Boast saiu. Pa pôs mãos à obra e começou a escrever em uma folha grande, com linhas vermelhas nas laterais.

– Pronto! – ele disse afinal. – Parece importante, não? E terminei bem na hora.

O senhor Boast já batia à porta. Havia outro homem com ele, usando um casaco grande, um chapéu que cobria parcialmente os olhos e um cachecol que cobria até a boca.

– Aí está você, xerife! – Pa disse a ele. – Entregue este mandado de penhora e traga de volta os cavalos ou o dinheiro, vivo ou morto, além do dinheiro para cobrir os custos do andamento do processo!

A risada deles pareceu sacudir a cabana inteira.

Pa olhou para o chapéu e o cachecol que escondiam o rosto do homem.

– Sorte a sua que é uma noite fria, xerife! – ele disse.

Os dois homens saíram e fecharam a porta atrás de si. Pa parou de rir e disse a Ma:

– Posso jurar que aquele era o chefe dos agrimensores!

Ele bateu na própria coxa e voltou a rir.

À noite, as vozes de Pa e do senhor Boast acordaram Laura. O senhor Boast dizia à porta:

– Vi que a luz estava acesa e parei para dizer que deu certo. Pete ficou tão assustado que entregou tanto o dinheiro quanto os animais. Aquele patife tem mesmo que temer a lei. Eis os custos do processo, Ingalls. O agrimensor não quis. Disse que a diversão mais do que pagou o trabalho.

– Pode ficar com a parte dele – Pa disse. – Eu fico com a minha: a preservação da dignidade deste tribunal!

Laura, Mary, Carrie e Ma riram junto com o senhor Boast. Não conseguiram evitar. A risada de Pa repicava como sinos, fazendo todos se sentirem felizes e aquecidos. Mas a risada do senhor Boast fazia todo mundo rir.

– Xiu, vão acordar Grace – Ma disse.

– Qual foi a piada? – Carrie perguntou. Ela estava dormindo e só ouvira a risada do senhor Boast.

– Do que você riu? – Mary perguntou a ela.

– Da risada do senhor Boast – Carrie disse.

Na manhã seguinte, o senhor Boast apareceu para tomar café. O acampamento tinha sido desmontado, e ele não tinha mais onde comer. Os agrimensores tinham partido para leste logo cedo, e a última parelha já havia seguido viagem. O senhor Boast era o último ali. Pretendia esperar até que sua mão melhorasse para conduzir, mas ela tinha piorado um pouco por causa do frio que pegara. Ele iria mesmo assim: tinha de chegar a Iowa, porque ia se casar.

– Se vão ficar aqui durante todo o inverno, talvez eu traga Ellie e fiquemos também – ele disse. – Isso se conseguirmos voltar antes que esfrie demais.

– Adoraríamos ter você aqui – Pa disse.

– Seria ótimo – Ma disse.

Eles ficaram vendo a carroça do senhor Boast se afastar pela trilha, até que seu barulho morresse a leste.

A pradaria estava vazia agora. Não havia nem um único bando de pássaros no céu frio.

Assim que a carroça do senhor Boast sumiu de vista, Pa foi buscar os cavalos e a carroça.

– Vamos, Caroline! – ele gritou da porta. – Não há mais ninguém no acampamento, e estamos de mudança!

A casa dos agrimensores

Não houve necessidade de embalar nada, porque a casa dos agrimensores ficava na margem norte do lado, a menos de um quilômetro da cabana. Laura mal podia esperar para vê-la. Depois de ajudar a ajeitar tudo na carroça, dentro da qual também estavam Mary, Carrie, Ma e Grace, ela perguntou a Pa:

– Posso ir correndo na frente, por favor?

– Laura, por favor... – Ma disse. – Charles, você não acha que...

– Ela não vai se machucar – Pa disse. – Vamos ficar de olho nela o caminho todo. É só seguir a margem, canequinha. Não se preocupe, Caroline: chegaremos rapidinho.

Laura foi correndo na frente, contra o vento. Seu xale esvoaçava atrás dela, e o frio penetrava sua pele. Ela sentiu o sangue esfriar, mas depois o sentiu esquentar e pulsar forte. Sua respiração se manteve forte.

Passou pelo trecho em que o acampamento tinha sido montado. Sentiu a terra dura e a grama morta sob seus pés. Não havia mais ninguém por ali. Todos tinham ido embora. A pradaria, aquela vasta pradaria, e o céu amplo, e o vento estavam livres.

A carroça ficou para trás, mas continuava avançando. Laura deu uma olhada, e Pa acenou para ela. Quando parou de correr, Laura ouvia o barulho do vento contra as gramíneas e o movimento da água no lago. Ela saltitou pela grama curta e seca da margem. Poderia gritar se quisesse. Não havia ninguém ali. E de fato gritou:

– É nosso! É tudo nosso!

O grito pareceu alto em sua garganta, mas saiu fino. Talvez tivesse sido levado pelo vento. Talvez a imobilidade do vazio da terra e do céu não pudesse ser perturbada.

As botas dos agrimensores haviam aberto um caminho na grama, que agora parecia macia aos pés de Laura. Ela inclinou a cabeça coberta para o vento e seguiu adiante, correndo. Seria divertido ver a casa sozinha.

De repente, a construção surgiu à sua frente. Era grande, uma casa de verdade, com dois andares e janelas com vidro. As cores das tábuas de madeira iam de amarelo a cinza, e as frestas estavam todas tapadas, como Pa havia dito. A maçaneta da porta era de porcelana. Ela dava para um alpendre nos fundos.

Laura entreabriu a porta e deu uma espiada. Depois a abriu por inteiro, até onde ia a marca curva no chão, e entrou. A casa tinha piso de tábuas, que não era tão confortável para pés descalços quanto o piso de terra da cabana, mas que era muito mais fácil de limpar.

A amplitude da casa vazia parecia esperar e ouvir. Ela parecia saber que Laura estava ali, mas ainda não havia se decidido quanto à menina. Preferia esperar para ver. O vento fazia um barulho muito agradável ao bater contra as paredes do lado de fora. Laura cruzou o alpendre na ponta dos pés e abriu a porta do outro lado.

Deparou com uma sala grande. As paredes de tábuas eram amarelas, e o sol que entrava pela janela a oeste batia no chão. Uma luz fria entrava pela janela a leste, que ficava perto da porta da frente. Os agrimensores haviam deixado o fogão! Era maior que aquele que Ma havia trazido: tinha seis bocas e duas portas e já estava ligado à chaminé.

Havia três portas a uma parede, todas fechadas.

Laura atravessou a sala na ponta dos pés e entreabriu uma porta, com cuidado. Havia um quarto pequeno com uma cama ali. E uma janela.

Devagar, Laura abriu a porta do meio e se surpreendeu. À sua frente subia uma escada, da mesma largura da porta. Ela olhou para cima e viu a parte interna do telhado inclinado. Depois de subir alguns degraus, um sótão grande se abriu dos dois lados da escada. Tinha o dobro do tamanho da sala do andar de baixo. Uma janela de cada lado iluminava todo aquele espaço vazio sob o telhado.

Já eram três cômodos, e ainda havia uma porta a abrir. Laura achou que devia haver muitos agrimensores, para precisar de tanto espaço. Aquela seria de longe a maior casa em que já havia morado.

Ela abriu a terceira porta. Um grito de animação escapou de sua boca e assustou a casa à espreita. Diante de seus olhos, havia uma lojinha. Prateleiras cobriam as paredes do pequeno cômodo até o teto, e nelas havia pratos, panelas, frigideiras, caixas e latas. Na parte de baixo, também havia barris e mais caixas.

O primeiro barril estava quase cheio de farinha. O segundo continha fubá. O terceiro estava bem fechado, e dentro havia pedaços grandes de carne de porco com gordura na salmoura. Laura nunca havia visto tanta carne de porco salgada. Também havia uma caixa de madeira cheia de bolachas quadradas e uma caixa cheia de postas de peixe salgado. Havia, ainda, uma caixa grande de maçã desidratada e dois sacos grandes de batatas, além de outro quase cheio de feijão.

A carroça parou à porta. Laura correu para fora, gritando:

– Ah, Ma, venha ver, rápido! Tem tanta coisa! E um sótão enorme, Mary! E um fogão, e bolachas, muitas bolachas!

Ma olhou tudo e ficou muito satisfeita.

– É excelente – ela disse. – E muito limpo. Podemos nos ajeitar aqui rapidamente. Traga a vassoura, Carrie.

Pa nem teve que montar o fogão. Ele o deixou no alpendre dos fundos, onde estava o carvão. Depois, enquanto acendia o fogo, elas arrumaram a mesa e as cadeiras na sala. Ma colocou a cadeira de balanço de Mary perto da porta aberta do forno. Era tão bom que já emanava calor. Mary se sentou naquele canto quentinho com Grace no colo, com quem ficou brincando para que saísse do caminho enquanto Ma, Laura e Carrie trabalhavam.

Ma colocou o colchão maior na armação do quarto. Pendurou as roupas dela e de Pa nas cavilhas que havia na parede e as cobriu com um lençol. Lá em cima, no sótão, Laura e Carrie arrumaram as duas camas, uma para

Carrie e outra para Laura e Mary. Depois levaram suas roupas e suas caixas para cima, penduraram as roupas perto de uma janela e deixaram as caixas embaixo.

Quando estava tudo arrumado, elas desceram para ajudar Ma com o jantar. Pa entrou, trazendo uma caixa larga e baixa.

– O que é isso, Charles? – Ma perguntou.

– É a caminha de Grace! – Pa disse.

– Exatamente o que faltava! – Ma exclamou.

– É alta o bastante para as cobertas – Pa disse.

– E baixa o bastante para guardar embaixo da nossa cama durante o dia – disse Ma.

Laura e Carrie arrumaram a cama de Grace e a enfiaram debaixo da outra, depois a puxaram de volta. A mudança estava feita.

Foi servido um banquete no jantar. A bela louça dos agrimensores animava a mesa. Eles comeram o picles que os homens haviam deixado, requentaram o pato assado e fritaram batatas. Depois, Ma foi até a despensa e voltou com...

– Adivinhem o quê – ela disse.

Então colocou um pratinho de pêssego em calda diante de cada um deles, com duas bolachas.

– Isso é para comemorar o fato de que estamos morando em uma casa de novo – Ma disse.

Era muito agradável comer em um lugar espaçoso, com piso de tábuas, janelas de vidro revelando a escuridão da noite lá fora. Eles comeram os pêssegos aveludados e frescos bem devagar e tomaram a calda dourada, depois lamberam as colheres.

A louça foi tirada e lavada rapidamente. A extensão da mesa foi baixada, a toalha xadrez vermelha e branca foi estendida, e a lamparina acesa foi colocada bem no meio. Ma se acomodou com Grace na cadeira de balanço, e Pa disse:

– Isso deixa qualquer um com vontade de tocar! Me traga a rabeca, Laura!

Ele tensionou as cordas, afinou o instrumento e passou resina no arco. As noites de inverno, quando Pa tocava a rabeca, estavam de volta. Ele olhou satisfeito para todas elas e para as boas paredes que garantiriam seu conforto.

– Preciso dar um jeito de fazer cortinas – Ma disse.

Pa fez uma pausa, com o arco posicionado acima da rabeca.

– O vizinho mais próximo a leste fica a cem quilômetros de distância, Caroline, e a oeste, a sessenta e cinco quilômetros. Quando o inverno chegar, será como se estivessem mais longe ainda. O mundo é nosso! Vi apenas um bando de gansos hoje, voando alto e rápido. Nem pararam no lago, de jeito nenhum! Corriam para o sul. Acho que foi o último bando da estação. Até os gansos nos deixaram.

O arco tocou as cordas, e Pa começou a tocar. Laura começou a cantar, devagar:

> *Através do pântano selvagem*
> *O vento uma noite amargo soprou*
> *Quando a jovem Mary com seu filho*
> *À porta de seu pai retornou.*
> *Disse ela: Por favor, deixe-me entrar!*
> *Tenha pena de mim, imploro*
> *Ou a criança em meus braços morrerá*
> *Por causa desse vento inglório*
> *Mas o pai surdo a suas súplicas se manteve*
> *Nenhum som ou voz atravessou a porta*
> *Só os cães de guarda uivaram*
> *E os sinos da aldeia tocaram*
> *E o vento...*

Pa fez uma pausa.

– Essa música não serve! – ele exclamou. – Em que eu estava pensando? Eis algo que vale a pena cantar.

A rabeca começou a cantar animada, e Pa cantou junto. Laura, Mary e Carrie, também, a plenos pulmões.

> *Já vi minha cota de problemas*
> *Enquanto viajava sem qualquer pessoa*
> *Com isso descobri que o melhor*
> *Era conduzir minha própria canoa*

À MARGEM DA LAGOA PRATEADA

Desejo pouco e não me importo
Se meu dinheiro todo escoa
Me afasto de conflitos no mar da vida
Conduzindo minha própria canoa.

Ame o próximo como a ti mesmo
E tudo o que o mundo coroa
Nunca chore ou franza a testa
Enquanto conduz sua própria canoa.

– É o que faremos neste inverno – Pa disse. – E já fizemos antes. Não é mesmo, Caroline?

– Sim, Charles – Ma concordou. – E sempre ficamos muito confortáveis e tivemos tudo de que precisávamos.

– Exatamente – Pa disse, afinando a rabeca. – Empilhei sacos de aveia de um lado do estábulo, para a vaca e os cavalos. Terão mais do que precisarão, enquanto nós ficaremos quentinhos aqui. Devemos ser gratos.

Ele voltou a tocar a rabeca. Tocou sem parar, jigas, músicas escocesas, músicas rápidas, marchas. Ma colocou Grace em sua cama e fechou a porta do quarto. Então se sentou e ficou se balançando enquanto ouvia a música. Ma, Mary, Laura e Carrie ficaram ali até se satisfazerem. Ninguém disse que era hora de ir para a cama, porque era a primeira noite deles na casa nova, sozinhos na pradaria.

Finalmente, Pa guardou a rabeca e o arco. Quando fechou o estojo, um uivo longo, triste e solitário soou do lado de fora da janela. Bem perto da casa.

Laura se levantou na mesma hora. Ma correu para tranquilizar Grace, que chorava no quarto. Carrie ficou congelada no lugar, sentada com os olhos arregalados.

– É... é só um lobo, Carrie – Laura disse.

– Acalmem-se! – Pa disse. – Seria de imaginar que nunca ouviram um lobo. Sim, Caroline, a porta do estábulo está bem fechada.

O último homem

O sol brilhava na manhã seguinte, mas o vento estava mais frio, e uma tempestade se insinuava. Pa já tinha voltado de suas tarefas e esquentava as mãos no fogo, e Ma e Laura punham a mesa do café quando ouviram o barulho de uma carroça.

A carroça parou à porta da frente. Quem a conduzia chamou, e Pa saiu. Pela janela, Laura viu os dois conversando no vento frio.

Pa logo voltou e disse, enquanto colocava o casaco e as luvas:

– Até ontem à noite eu não sabia, mas temos um vizinho. Um senhor que está doente e vive sozinho. Vou lá agora. Conto mais a respeito quando voltar.

Ele foi embora com o desconhecido. Demorou um pouco para que voltasse, a pé.

– *Brrr!* Está esfriando – Pa disse, colocando o casaco e as luvas em uma cadeira e se curvando sobre o fogão para se aquecer antes mesmo de tirar o cachecol. – Bem, foi muita sorte.

"Aquele era o último homem por aqui. Ele veio desde o rio Jim sem encontrar ninguém. Todo mundo está indo embora. Ontem à noite, quando a noite caiu, ele viu uma luz uns três quilômetros ao norte do aterro e foi até lá, em busca de um lugar onde dormir.

"Pois bem, Caroline, lá ele encontrou uma cabana e um velho sozinho. O nome dele é Woodworth. Está com tuberculose e veio atrás dos bons ares da pradaria. Está morando sozinho desde o verão e pretendia ficar todo o inverno.

"Mas o velho está tão fraco que o homem tentou fazê-lo ir embora. Disse que é sua última chance, mas Woodworth não quis saber. Quando ele viu nossa fumaça nesta manhã, parou para ver se conseguia ajuda para persuadir o velho.

"Caroline, Woodworth está pele e osso. Mas determinado a se curar na pradaria. Disse que os médicos recomendaram como uma cura quase infalível."

– Vem gente do mundo todo atrás disso – Ma falou.

– Eu sei, Caroline. É verdade, me parece, que a pradaria é a única coisa capaz de curar a tuberculose. Mas, se o tivesse visto... Ele não estava em condições de ficar sozinho em uma cabana, a vinte e cinco quilômetros de seu vizinho mais próximo. Deve ficar com a família.

"Bem, arrumamos as coisas dele e carregamos tudo. Eu o ergui com tanta facilidade como se fosse Carrie, para colocá-lo na carroça. No fim, ele ficou feliz. Vai ficar muito mais confortável no leste, com sua família."

– Ele vai chegar perto de morrer congelado, andando de carroça em um dia frio desses – Ma falou, colocando mais carvão no fogo.

– Está bastante vestido, com um bom casaco. Também enrolamos cobertores nele e colocamos um saco de aveia quente em seus pés. Vai ficar bem. Aquele viajante era um bom homem.

Pensando no velho indo embora com o último homem na região, Laura se deu conta de quão deserto era aquele lugar. Eles levariam dois longos dias para chegar ao rio Big Sioux. Não havia ninguém em todo o caminho entre o Big Sioux e o Jim, a não ser por eles, ali na casa dos agrimensores.

– Pa, você viu rastros de lobo nesta manhã? – Laura perguntou.

– Sim, havia muitos, por toda a volta do estábulo – ele disse. – As pegadas eram grandes. devem ser de lobos-dos-bisões. Mas eles não conseguiram entrar. Os pássaros foram para o sul, e os homens trabalhando afugentaram os antílopes, por isso os lobos vão ter de partir também. Não vão ficar onde não há nada que possam matar e comer.

Depois do café da manhã, Pa foi para o estábulo. Assim que concluiu o trabalho do lar, Laura pôs o xale e saiu também. Queria ver os rastros de lobos.

Ela nunca havia visto pegadas tão grandes e tão profundas. Os lobos deviam ser enormes e pesados.

– Lobos-dos-bisões são os maiores de toda a pradaria, e muito ferozes – Pa disse a ela. – Eu detestaria deparar com um quando estivesse desarmado.

Ele revistava o estábulo com todo o cuidado, certificando-se de que todas as tábuas estavam bem presas. Martelou mais alguns pregos, para garantir que as paredes se mantivessem sólidas, e providenciou mais um ferrolho para a porta.

– Se um quebrar, ainda tem o outro – Pa disse.

A neve começou a cair enquanto Laura lhe passava os pregos para martelar. O vento soprava forte e ávido, mas era vento comum, e não de nevasca. Mas fazia tanto frio que os dois nem conversavam.

No jantar, quando estavam na casa quentinha, Pa disse:

– Não acho que os invernos serão ruins demais aqui. Parece que as nevascas diminuem na porção ocidental de Minnesota. Estamos ainda mais para oeste aqui, e dizem que aqui se sente menos a temperatura.

Depois do jantar, eles se reuniram em volta do calor do fogo. Ma ficou ninando Grace devagar, enquanto Laura ia buscar a rabeca de Pa. As noites felizes de inverno estavam de volta. Pa cantava:

> *Viva a Colúmbia, terra feliz!*
> *Vivam nossos heróis viris!*
> *Sejamos firmes de verdade,*
> *Unidos em nossa liberdade,*
> *Como irmãos viveremos,*
> *Paz e segurança encontraremos.*

Ele olhou para Mary, que estava sentada em silêncio na cadeira de balanço perto do fogo, com seus olhos lindos e vazios e suas mãos cruzadas.

– O que quer que eu toque, Mary?

– Gostaria de ouvir "Mary das Highlands".

Pa tocou um verso.
– Agora me ajude a cantar, Mary! – ele disse, e cantaram juntos.

> *Que linda a flor do espinheiro,*
> *Foi tudo em que pensei.*
> *Sob sua sombra fragrante,*
> *Contra o peito a apertei.*
>
> *As horas douradas nas asas dos anjos*
> *Voaram sobre mim e minha querida,*
> *Porque a doce Mary das Highlands*
> *Eu amava com minha própria vida.*

– É uma música linda – Mary disse, quando a última nota morreu.
– Linda, mas também triste – disse Laura. – Gosto de "Vindo pelo campo de centeio".
– Posso tocar, mas não vou cantar sozinho – Pa disse. – Não é certo que todo o entretenimento fique por minha conta.

Todos cantaram animados aquela música alegre. Laura se levantou e fingiu que atravessava um riacho, segurando as saias acima dos tornozelos e rindo por cima do ombro.

> *Ilka tem o seu rapaz.*
> *Não sei bem de onde veio.*
> *Mas é para mim que todos sorriem*
> *Quando passam pelos campos de centeio.*

Depois, a rabeca de Pa produziu notas curtas e animadas, e ele cantou:

> *Sou o capitão Jinks da cavalaria.*
> *Dou ao meu cavalo milho e feijão.*
> *Mulheres nunca me faltarão,*
> *Pois sou o capitão Jinks da cavalaria,*
> *Um capitão do exército!*

Pa acenou com a cabeça para Laura, que cantou:

> *Sou a senhora Jinks, quase uma menina.*
> *Enrolo o cabelo e uso roupa fina.*
> *Depois que o capitão aprontou,*
> *Para o exército nunca voltou!*

– Laura! – Ma disse. – Charles, acha que é uma música apropriada para uma menina cantar?

– Ela cantou bem – Pa disse. – Agora Carrie deve fazer sua parte também. Vá lá com Laura; quero ver como se sai.

Ele fez as duas se darem as mãos e dançarem ao som de uma polca. Ele tocava e cantava enquanto as meninas dançavam.

> *Primeiro o tornozelo, depois a ponta do pé,*
> *Vou mostrar como essa dança é!*
> *Primeiro o tornozelo, depois a ponta do pé,*
> *Vou mostrar como essa dança é!*

Pa foi tocando cada vez mais rápido, e elas foram dançando cada vez mais rápido também, com passos mais e mais amplos, indo para a frente e para trás e voltando, até que ficaram sem fôlego e com calor de tanto rir e dançar.

– Agora vamos tentar uma valsa – disse Pa. A música fluiu suavemente, desdobrando-se em longas ondas. – Sigam a música – ele cantarolou. – Sigam a música, deslizem devagar e virem.

Laura e Carrie valsaram pela sala e voltaram, depois se afastaram e voltaram de novo, enquanto Grace, no colo de Ma, observava tudo com seus olhinhos redondos, e Mary escutava a música tranquilamente e seus pés dançavam.

– Muito bem, meninas – disse Pa. – Temos que fazer isso mais vezes durante o inverno. Vocês estão crescendo e precisam aprender a dançar. Vão ser excelentes dançarinas, as duas.

– Ah, Pa, não queremos parar agora – Laura pediu.

– Já passou e muito da hora de dormir – ele disse. – E teremos muitas outras noites longas e aconchegantes até a primavera chegar.

Quando Laura abriu a porta que dava para a escada, sentiu um frio amargo descendo. Ela galgou os degraus depressa, carregando a lamparina acesa, com Mary e Carrie em seu encalço. Perto da chaminé que subia do andar de baixo, estava um pouco mais quente. As duas se despiram perto de Laura e, com os dedos trêmulos, vestiram as camisolas por cima da roupa de baixo de flanela. Foram para a cama conversando, e Laura apagou a luz.

Ela e Mary se aninharam na escuridão. Devagar, o frio deixou os cobertores. O frio escuro da noite em volta da casa ia tão longe quanto o céu e o mundo. Não havia nada lá fora, a não ser o vento solitário.

– Mary – Laura sussurrou. – Acho que os lobos foram embora. Não ouvi nenhum uivo, e você?

– Espero que tenham ido mesmo – Mary respondeu, sonolenta.

Dias de inverno

Fazia cada vez mais frio. O lago congelou. Nevava, mas o vento deixava o gelo sempre limpo, arrastando a neve para o mato alto do charcos e levando-o em ondas pelas margens baixas.

Nada se movia na pradaria branca, apenas a neve soprando. O único ruído no vasto silêncio era do vento.

No aconchego da casa, Laura e Carrie ajudavam Ma com seus afazeres. Grace brincava, correndo pela sala com seus passinhos curtos de criança. Quando se cansava, ela subia no colo de Mary, que era o lugar mais quente que havia, e a irmã lhe contava uma história. Grace pegava no sono ouvindo sua voz. Depois Ma levava a caminha para perto do fogo e a deitava lá, e estavam todas prontas para passar uma tarde gostosa tricotando, costurando ou fazendo crochê.

Pa fazia suas tarefas e passava pelas armadilhas que havia armado nos limites do Grande Charco. No alpendre, tirava a pele de raposas, coiotes e ratos-almiscarados, depois a estendia em tábuas para secar.

A pradaria estava tão desolada, e o vento estava tão frio, que Mary nem saía. Ela adorava ficar costurando na casa quentinha e agradável, dando pontinhos uniformes com a agulha pela qual Laura lhe passava a linha.

Mary não abandonava a costura nem mesmo quando o sol se punha.

– Consigo costurar quando vocês não conseguem, porque vejo com os dedos – ela disse a Laura.

– Você costura melhor do que eu, a qualquer hora do dia – Laura disse. – Sempre costurou.

Até mesmo Laura gostava das tardes aconchegantes na cadeira de balanço, bordando e conversando um pouco, embora nunca fosse gostar daquilo tanto quanto Mary. Às vezes, ficava inquieta em casa. Então ia de janela em janela, para olhar os redemoinhos de flocos de neve e ouvir o vento, até que Ma dizia, gentil:

– Não entendo você, Laura.

Quando o sol brilhava, independentemente do frio, Laura queria sair. Se Ma deixava, ela e Carrie se encapotavam e iam deslizar no lago, de casaco, gorro, sapatos, luvas e cachecol. De mãos dadas, as duas corriam um pouco, depois deslizavam no gelo escuro e liso. Primeiro em um pé, depois no outro, correndo um pouquinho entre uma e outra deslizada. Elas iam e voltavam, aos risos, até ficar sem fôlego e com calor.

Eram dias gloriosos, aqueles em que conseguiam sair mesmo no frio cortante. Mas era sempre bom voltar para a casa quentinha e protegida, fazer uma bela refeição e passar a noite cantando e dançando, o que deixava Laura muito feliz.

Em um dia de tempestade, Pa levou uma tábua quadrada para junto do fogo e, com o lápis, desenhou uma borda simples e quadradinhos dentro.

– O que está fazendo, Pa? – Laura perguntou.

– Espere e vai ver – ele respondeu.

Pa levou a ponta de um atiçador ao fogo e depois queimou quadradinhos alternados, deixando-os pretos.

– A curiosidade matou o gato, Pa – Laura disse.

– Mas você me parece bastante saudável.

Pa continuou trabalhando e talhou vinte e quatro quadradinhos de madeira. Colocou metade deles no fogo, virando até que ficassem pretos por inteiro.

Depois ele posicionou as peças no tabuleiro apoiado sobre os joelhos.

– Pronto, Laura! – Pa disse.

– O que é isso? – ela perguntou.

– São peças de xadrez, e um tabuleiro de xadrez. Aproxime a cadeira, vou ensiná-la a jogar.

Laura aprendeu tão bem que, antes que a tempestade parasse, já havia vencido Pa uma vez. Depois, no entanto, eles pararam de jogar tanto. Ma não gostava de xadrez, nem Carrie, por isso Pa sempre guardava o tabuleiro após uma partida.

– É um jogo egoísta, porque só duas pessoas jogam por vez – ele disse. – Me traga a rabeca, canequinha.

Lobos no lago

Houve uma noite em que a lua prateada iluminou tudo. A terra era uma imensidão branca, e o ar estava parado.

Do outro lado das janelas, o mundo branco se estendia até longe, brilhando gelado, e o céu era uma curva de luz. Laura não se contentava com nada. Não queria jogar. Mal ouvia a música da rabeca de Pa. Não queria dançar, mas tinha vontade de se movimentar. Sentia que deveria ir a algum lugar.

De repente, ela exclamou:

– Carrie! Vamos deslizar no gelo!

– À noite, Laura? – Ma perguntou, surpresa.

– Está claro lá fora – Laura respondeu. – Quase tão claro como se fosse dia.

– Não tem problema, Caroline – Pa disse. – Nada vai acontecer, se ficarem pouco tempo e não passarem frio.

Então Ma disse a elas:

– Pode dar uma voltinha rápida. Não esperem ficar com frio para voltar.

Laura e Carrie se apressaram a vestir os casacos, gorros e luvas. Seus sapatos eram novos e tinham sola grossa. Ma havia feito meias de lã para elas. Suas roupas de baixo eram de flanela vermelha, passavam dos joelhos e prendiam nas meias. Suas anáguas de flanela eram grossas e quentes, e os vestidos e casacos eram de lã, assim como os gorros e os cachecóis.

Elas saíram do calor da casa e irromperam no frio de tirar o fôlego. Correram pelo caminho de neve e desceram a colina até o estábulo. Depois seguiram o caminho que os cavalos e a vaca haviam aberto quando Pa os conduzira na neve para beber água no buraco que ele havia aberto na superfície congelada do lago.

– É melhor não chegarmos perto do buraco – Laura disse, e conduziu Carrie pela margem do lago até se encontrarem bem longe dele. Então as duas pararam e olharam para a noite.

Era tão bonita que elas mal respiravam. A lua grande e redonda no céu deixava o mundo todo prateado. Por uma longa extensão em todas as direções só se viam planícies imóveis, cintilando levemente, como se fossem feitas de uma luz suave. Bem no meio, estava o lago escuro e liso, cortado pelo luar. Nos charcos, gramíneas altas se elevavam escuras em meio à neve.

O estábulo era uma construção baixa e escura próxima à margem. Sobre a leve colina ficava a casa dos agrimensores, também escura e diminuta, cuja janela era uma luzinha amarela brilhando na escuridão.

– Nada se move – Carrie sussurrou. – Ouça como nada se move.

Laura sentiu o coração se encher. Era como se fosse parte daquela terra vasta, daquele céu profundo, daquele luar brilhante. Ela queria voar. Mas Carrie era pequena e parecia estar com um pouco de medo, portanto Laura pegou a mão dela e disse:

– Vamos deslizar. Venha, corra!

Elas correram um pouco, de mãos dadas. Então deslizaram com o pé direito sobre a superfície lisa do gelo, muito mais do que haviam corrido.

– Vamos deslizar sobre o luar, Carrie! Vamos seguir o rastro da lua! – Laura gritou.

As duas correram e deslizaram, depois correram e deslizaram de novo, sobre o caminho cintilante demarcado pela luz prateada da lua. Foram se afastando cada vez mais da margem, seguindo na direção da margem mais alta do outro lado.

Era quase como se voassem. Quando Carrie perdia o equilíbrio, Laura a segurava. Se Laura ficava instável, a mão de Carrie a firmava.

Quando estavam próximas do outro lado, já quase à sombra da margem, elas pararam. Algo fez Laura olhar para a terra firme.

Ali, escuro contra o luar, havia um lobo enorme!

O lobo olhava para Laura. O vento agitava seus pelos, e o luar parecia passar por eles.

– Vamos voltar – Laura disse, depressa, já se virando e puxando Carrie consigo. – Quer ver como sou mais rápida que você?

Ela correu e deslizou, então voltou a correr o mais rápido que podia. Até que Carrie a segurou.

– Eu também vi – ela disse, arfando. – Era um lobo?

– Não diga nada – Laura a cortou. – Vamos!

Laura só ouvia o barulho dos pés delas correndo e deslizando pelo gelo. Tentou ouvir qualquer outro ruído logo atrás, mas não havia nada. As duas correram e deslizaram sem dizer uma palavra, até chegarem ao caminho que saía do buraco no gelo. Enquanto corriam, Laura olhou para trás, mas não viu nada no lago ou na outra margem.

As meninas não pararam de correr. Subiram a colina, abriram a porta dos fundos e entraram no alpendre. Atravessaram-no ainda correndo, abriram a porta da sala com tudo e a bateram atrás de si. Então se recostaram nela, arfando.

Pa se levantou na mesma hora.

– O que foi? – ele perguntou. – Por que estão assustadas?

– Era um lobo, Laura? – Carrie conseguiu perguntar.

– Era um lobo, Pa – Laura disse, recuperando o fôlego. – Um lobo enorme! Fiquei com medo de que Carrie não conseguisse correr rápido o bastante, mas ela conseguiu.

– Estou vendo que sim! – Pa exclamou. – Onde está o lobo agora?

– Não sei. Sumiu – Laura disse a ele.

Ma ajudou as duas a tirarem os casacos.

– Sentem-se e descansem. Vocês estão sem ar – ela disse.

– Onde o lobo estava quando o viram? – Pa perguntou.

– À beira do lago – Carrie disse.

– Na margem do outro lado – Laura acrescentou.

– Vocês foram até lá? – Pa perguntou, surpreso. – E correram todo o caminho de volta depois que o viram? Eu não fazia ideia de que iriam tão longe. Dá quase um quilômetro.

– Seguimos o rastro da lua – Laura disse a Pa, que olhou para ela de um jeito estranho.

– Claro... – ele disse. – Achei que os lobos tivessem ido embora. Fui muito descuidado. Vou atrás deles amanhã mesmo.

Mary não se mexia, mas seu rosto estava pálido.

– Ah, meninas – ela disse, quase sussurrando. – Imagine se ele tivesse pegado vocês!

Todos ficaram em silêncio enquanto Laura e Carrie descansavam.

Laura estava feliz por se encontrar na segurança da sala quente, protegida da desolação da pradaria. Se algo houve acontecido com Carrie, teria sido culpa dela, por tê-la levado tão longe no lago.

Mas nada acontecera. Ela quase conseguia visualizar o lobo enorme, ao luar, com os pelos balançando ao vento.

– Pa! – Laura disse, baixo.

– Sim, Laura? – Pa respondeu.

– Espero que você não o encontre.

– Por que não? – Ma perguntou.

– Porque ele não veio atrás da gente – Laura disse a ela. – O lobo podia ter nos alcançado, mas não veio atrás de nós.

Ouviu-se um longo uivo selvagem, que morreu na quietude.

A resposta foi outro uivo, seguido pelo silêncio.

O coração de Laura parecia pular no peito. Quando ela viu, estava de pé. Ficou feliz ao sentir a mão de Ma em seu braço.

– Pobre menina! Está com os nervos à flor da pele, e não é sem motivo – Ma disse. Ela pegou um ferro quente atrás do fogão, enrolou-o em um pano e o entregou a Carrie. – É hora de dormir. Coloque este ferro quente no pé da cama. – Ela enrolou outro ferro. – E você coloque este, Laura. Mas coloque bem no meio, para que esquente os pés de Mary também.

Enquanto Laura fechava a porta que dava para a escada atrás de si, Pa falava francamente com Ma. Mas Laura não conseguiu entender o que dizia, porque seus ouvidos zuniam.

Pa encontra um terreno

Na manhã seguinte, Pa pegou sua arma e saiu depois do café. Laura passou a manhã toda receando ouvir barulho de tiro. E passou a manhã toda pensando no enorme lobo de pelos grossos, sentado quieto ao luar.

Pa se atrasou para o almoço. Já era muito mais de meio-dia quando ele adentrou o alpendre e começou a tirar a neve das solas. Ele guardou a arma, o chapéu e o casaco em seus devidos lugares e pendurou as luvas pelos dedões para secar no varal que ficava atrás do fogão. Depois lavou o rosto e as mãos na bacia de metal que ficava no banco e penteou o cabelo e a barba diante do espelhinho que ficava acima dela.

– Desculpe por ter atrasado o almoço, Caroline – ele disse. – Demorei mais tempo do que pensava. Fui mais longe do que pretendia.

– Não importa, Charles. Mantive a comida quente – Ma disse. – Venham se sentar, meninas. Não deixem Pa esperando.

– Até onde chegou, Pa? – Mary perguntou.

– Percorri mais de dezesseis quilômetros, no total – Pa disse. – Os rastros de lobo iam longe.

– E pegou o lobo? – Carrie perguntou. Laura se manteve em silêncio.

Pa sorriu para Carrie e disse:

– Não precisam me perguntar nada, vou contar tudo. Atravessei o lago, seguindo os rastros que vocês deixaram ontem à noite. E o que acha que encontrei na margem oposta, onde viram o lobo?

– O lobo – Carrie disse, confiante.

Laura continuava sem dizer nada. A comida custava a descer. Ela mal conseguia engolir um pouco que fosse.

– Encontrei *a toca* dos lobos – Pa disse. – E as maiores pegadas de lobo que já vi. Havia dois lobos-dos-bisões na toca ontem à noite, meninas.

Mary e Carrie ficaram chocadas.

– Charles! – Ma disse.

– Agora é tarde demais para temer – Pa disse. – Mas foi isso que vocês fizeram ontem: foram até a toca de dois lobos.

"Os rastros deles continuavam frescos, e todos os sinais deixavam claro como o dia o que estavam fazendo. É uma toca antiga, e, a julgar pelo tamanho dos rastros, não se trata de animais jovens. Eu diria que já faz alguns anos que moram ali. Mas não estão passando o inverno lá.

"Acho que chegaram do noroeste na noite de ontem e foram direto para a toca. Ficaram por ali, entrando e saindo, talvez até hoje de manhã. Segui os rastros deles a partir dali, ao longo do Grande Charco e da pradaria a sudoeste.

"Os lobos não pararam depois que deixaram a velha toca. Trotaram lado a lado, como se tivesse iniciado uma longa jornada e soubesse exatamente para onde estavam indo. Segui seus rastros até ter certeza de que não os alcançaria. Eles foram embora de vez."

Laura respirou fundo, como se até então tivesse se esquecido de respirar. Pa olhou para ela.

– Está feliz que os lobos escaparam, Laura? – ele perguntou.

– Estou, sim, Pa – Laura respondeu. – Eles não vieram atrás de nós.

– Não, Laura, eles não foram atrás de vocês. Mas não sei explicar o motivo disso.

– E o que eles estavam fazendo em sua antiga toca? – Ma perguntou.

– Estavam só olhando – Pa falou. – Acho que voltaram para visitar o lugar em que viveram antes que a companhia chegasse e os antílopes fossem embora. Talvez vivessem aqui antes de os caçadores matarem os búfalos. Havia lobos-dos-bisões por toda essa região, mas sobraram poucos, mesmo por aqui. As ferrovias e os assentamentos vêm cada vez mais para oeste. Mas, se sei alguma coisa sobre rastros de animais, aqueles dois lobos chegaram do oeste e voltaram para lá. Tudo o que fizeram aqui foi passar uma noite em sua antiga toca. Eu não me surpreenderia se forem praticamente os últimos lobos-dos-bisões que serão vistos nesta parte do país.

– Ah, Pa... pobres lobos – Laura se lamentou.

– Por favor – Ma disse, brusca. – Já temos muito de que nos lamentar sem nos preocuparmos com os sentimentos de animais selvagens! Agradeça o fato de não terem feito nada pior que assustar vocês ontem à noite.

– E tem mais, Caroline! – Pa anunciou. – Trouxe notícias. Encontrei um terreno para nós.

– Ah, onde, Pa? E como é? A que distância fica? – Mary, Laura e Carrie perguntaram, animadas.

– Isso é bom, Charles – disse Ma.

Pa afastou o prato, bebeu o chá, enxugou o bigode e disse:

– É o lugar certo em todos os sentidos. Fica ao sul do encontro do lago com o Grande Charco. Tem uma elevação na pradaria ali que será perfeita para uma casa. Uma pequena colina a oeste limita o charco daquele lado. Tem feno e terra arada ao sul. E a região tem bons pastos. É tudo o que um fazendeiro poderia querer. Também fica perto de onde será construída a cidade, para que as meninas possam ir à escola.

– Fico feliz, Charles – Ma disse.

– É engraçado – Pa disse. – Faz meses que estou à procura, mas nunca encontrei um terreno apropriado. E esse estava ali esse tempo todo. Provavelmente não passaria por ele se a perseguição aos lobos não tivesse me levado ao outro lado do lago.

– Seria bom se você já tivesse entrado com o pedido no outono passado – Ma comentou, preocupada.

– Ninguém chegará durante o inverno – Pa disse, confiante. – Irei a Brookings e entrarei com o pedido na primavera, antes que qualquer pessoa venha atrás de terras.

O dia antes do Natal

Nevara o dia todo, e flocos grandes, mas leves continuavam caindo. O vento estava parado, de modo que a neve se acumulava no chão, e Pa precisou levar a pá consigo quando foi realizar as tarefas do fim do dia.

– Bem, é um Natal branco – ele disse.

– Sim, e estamos todos aqui e muito bem, portanto é um Natal feliz – Ma disse.

Segredos abundavam na casa dos agrimensores. Mary havia tricotado meias quentinhas para dar de presente a Pa. Laura havia feito uma gravata para ele com um pedaço de seda que havia encontrado no saco de retalhos de Ma. No sótão, ela e Carrie haviam feito um avental para Ma com uma das cortinas de calicô da cabana. No saco de retalhos, também encontraram uma bela musselina branca. Laura cortou um pedaço dela para fazer um lenço para Ma. Mary o bordou, e elas o guardaram no bolso do avental. Depois embrulharam tudo em papel de seda e esconderam sob os quadrados de colcha da caixa de Mary.

Eles tinham um cobertor com listras vermelhas e verdes nas pontas. Estava desgastado, mas as pontas continuavam boas. Ma as cortou para fazerem pantufas para Mary com elas. Laura costurou uma, e Carrie, a outra, depois colocaram borlas nelas. As pantufas foram cuidadosamente escondidas no quarto de Ma, para que Mary não as encontrasse.

Laura e Mary queriam fazer luvas para Carrie, mas não tinham lã o bastante. Havia um pouco de lã branca, um pouco de lã vermelha e um pouco de lã azul, mas não havia lã o bastante de um único tipo para fazer as luvas.

– Já sei! – Mary disse. – Podemos fazer as mãos brancas e os punhos listrados de vermelho e azul!

Toda manhã, enquanto Carrie arrumava a cama no sótão, Laura e Mary tricotavam o mais que podiam. Quando a ouviam descendo a escada, escondiam as luvas no cesto de costura de Mary. Elas continuavam escondidas lá mesmo agora que estavam terminadas.

O presente de Natal de Grace era o mais bonito de todos. Todas haviam trabalhado juntas nele, na sala quentinha: Grace era tão pequena que nem percebia.

Ma havia pegado a pele de cisne que estava cuidadosamente embrulhada e cortado um gorro. Era tão delicada que Ma não deixava que ninguém a tocasse. Ela fez toda a costura sozinha, mas deixou que Laura e Carrie fizessem o forro, com retalhos de seda azul. Depois que Ma o costurara à pele, não havia mais risco.

Ma revirou o saco de retalhos e escolheu um pedaço grande de um tecido de lã azul-clara que no passado fora seu melhor vestido de inverno. Ela cortou um casaquinho, que Laura e Carrie costuraram. Mary fez bordados na bainha. Ma usou as plumas do cisne para fazer o colarinho e os punhos das mangas.

O casaquinho, com a penugem branca do cisne no acabamento, e o gorro, com forro tão azul quanto os olhos de Grace, ficaram lindos.

– É como fazer roupinhas de boneca – Laura falou.

– Grace vai ficar ainda mais bonita que uma boneca – Mary declarou.

– Ah, vamos vesti-la com ele agora mesmo – Carrie pediu, saltitando no lugar.

Ma, no entanto, disse que o casaco e o chapéu deveriam ficar guardados até o Natal, e ficaram mesmo. Agora, elas esperavam ansiosamente pela manhã.

Pa havia saído para caçar. Ele dissera que pretendia trazer a maior lebre das redondezas para o Natal. E conseguira. Ou pelo menos tinha trazido para casa a maior lebre que elas já haviam visto. Agora a lebre aguardava no alpendre, esfolada, extirpada e congelada, até que fosse assada no dia seguinte.

Pa chegou do estábulo batendo os pés para se livrar da neve. Ele tirou o gelo do bigode e abriu as mãos diante do fogo.

– Ufa! Está frio demais para a véspera de Natal. Papai Noel nem vai sair de casa assim – ele disse, com os olhos brilhando voltados para Carrie.

– Não precisamos de Papai Noel! Fizemos... – ela começou a dizer, então levou a mão à própria boca e olhou depressa para ver se Laura e Mary haviam notado que quase entregara tudo.

Quando Pa se virou para aquecer as costas no calor do fogão, parecia tão feliz quanto elas.

– Estamos todos protegidos aqui – ele disse. – Ellen, Sam e David também estão quentinhos e confortáveis. Deixei um pouco mais de comida para eles, porque é véspera de Natal. Vai ser um bom Natal, não é, Caroline?

– Sim, Charles – disse Ma. Ela colocou sobre a mesa uma tigela com mingau de fubá quentinho e serviu o leite. – Agora venha comer. A comida quente vai esquentar você mais rápido que qualquer outra coisa.

Durante o jantar, eles relembraram outros Natais. Haviam passado muitos juntos, e ali estavam outra vez, reunidos, aquecidos, alimentados e felizes. Charlotte, a boneca de pano que Laura encontrara em sua meia na Grande Floresta, como presente de Natal, estava guardada em sua caixa no sótão. Laura e Mary não tinham mais as canecas de lata e os centavos do Natal que haviam passado no território indígena, mas elas recordaram o senhor Edwards, que havia caminhado mais de sessenta quilômetros para ir buscar os presentes do Papai Noel em Independence, e depois voltar. Nunca haviam tido notícias do senhor Edwards depois que ele descera o rio Verdigris sozinho, e se perguntaram o que lhe teria acontecido.

– Onde quer que esteja, espero que tenha tanta sorte quanto nós – Pa disse.

Onde quer que o senhor Edwards se encontrasse, estavam pensando nele e lhe desejavam toda a felicidade do mundo.

– E você está aqui, Pa – Laura disse. – E não perdido em meio a uma nevasca.

Por um momento, ficaram todas olhando em silêncio para Pa, pensando naquele terrível Natal em que ele quase não chegou a tempo, e elas temeram que nunca retornasse.

Lágrimas rolaram dos olhos de Ma. Ela tentou escondê-las, mas teve de enxugá-las com a mão. Os outros fingiram não notar.

– São de gratidão, Charles – Ma disse, assoando o nariz.

Pa começou a rir.

– Aquilo foi inacreditável! – ele disse. – Passei três dias e três noites morrendo de fome, comi todos os biscoitos e os doces de vocês, e o tempo todo estava sob a margem do riacho, a menos de cem metros de casa!

– Acho que o melhor Natal de todos foi aquele com a árvore de Natal, na escola dominical – Mary disse. – Você era pequena demais para lembrar, Carrie, mas... ah! Foi maravilhoso!

– Mas não foi tão bom quanto este vai ser – Laura disse. – Porque desse Carrie vai conseguir se lembrar, e agora temos Grace também.

Ali estava Carrie – o lobo não tinha feito nada a ela. E ali, no colo de Ma, estava Grace, a irmã mais nova, cujo cabelo era da cor do sol e cujos olhos eram azuis como violetas.

– Sim, esse é o melhor Natal de todos – Mary decidiu. – Talvez no ano que vem já estejamos indo à escola dominical.

O mingau acabou. Pa tomou a última gota de leite e depois o chá.

– Bem – ele disse. – Não vamos ter uma árvore, porque mal temos arbustos por aqui. E de que adiantaria ter uma só para nós? Mas podemos fazer nossa própria comemoração, como na escola dominical, Mary.

Ele foi pegar a rabeca. Enquanto Ma e Laura lavavam as tigelas e a panela e as guardavam, Pa afinou a rabeca e passou resina no arco.

As janelas estavam cobertas de gelo, assim como as fendas ao redor da porta. Flocos de neve esvoaçavam lá fora. Mas a lamparina brilhava forte sobre a toalha xadrez vermelha e branca, assim como o fogo do fogão.

– Acabamos de comer; não podemos cantar ainda – disse Pa. – Vou só esquentar a rabeca.

Animado, ele tocou "Descendo o rio Ohio" e "Por que os sinos batem tão alegres?". E depois:

> *Bate o sino pequenino,*
> *Sino de Belém.*
> *Já nasceu o deus-menino*
> *Para o nosso bem.*

Então parou e sorriu para elas.
– Estão prontas para cantar agora?
A voz da rabeca se alterou, para cantar um hino. Pa tocou algumas notas, depois todos cantaram:

> *Sim, a manhã está chegando.*
> *Dias melhores estão vindo.*
> *O mundo todo está despertando.*
> *É a alvorada sorrindo.*
> *Muitas nações virão e dirão:*
> *Subiremos à montanha do Senhor!*
> *Ele vai nos ensinar Seus caminhos.*
> *Sobre Seus passos andaremos com louvor.*

A voz da rabeca se perdeu. Pa parecia estar tocando seus próprios pensamentos. Uma melodia irrompeu, pulsando suavemente até que todos cantaram a uma só voz:

> *O sol pode acordar a grama;*
> *O orvalho, a flor caída.*
> *Se não como manter a chama*
> *Tudo acaba nessa vida*
> *Mas palavras que transpiram ternura*
> *E sorrisos que sabemos verdadeiros*
> *Como o verão têm sua doçura*
> *E brilham mais que campos inteiros.*

O mundo, com sua arte sutil,
Não tem muito a oferecer.
Pedras preciosas e ouro vil
Não vão o coração enternecer.
Mas, ah, se aqueles reunidos
Em volta do altar e da lareira
De palavras gentis estiverem munidos,
Como será linda a terra inteira!

No meio da música, Mary perguntou:
– O que foi isso?
– Isso o quê, Mary? – Pa perguntou.
– Achei que tinha... Ouçam! – ela disse.
Eles ouviram. A lamparina zumbia levemente, e os carvões estalavam no fogo. Do outro lado do pedaço de vidro sem gelo por onde dava para enxergar, flocos de neve brilhavam ao cair.
– O que você acha que é, Mary? – Pa perguntou. – Parecia... De novo!
Daquela vez, todos ouviram um grito. Em meio à noite, à tempestade de neve, um homem gritou. E depois gritou outra vez, bem perto da casa.
Ma se sobressaltou.
– Charles! Quem pode ser?

A noite antes do Natal

Pa guardou a rabeca no estojo e abriu a porta depressa. A neve e o frio entraram, e ouviu-se outro grito rouco:

– Ei, Ingalls!

– É o Boast! – Pa exclamou. – Venham, venham!

Pa vestiu o casaco e o chapéu e saiu.

– Ele deve estar congelando! – Ma exclamou, e foi colocar mais carvão no fogo. Lá de fora chegavam vozes e a risada do senhor Boast.

Então a porta se abriu, e Pa disse:

– Esta é a senhora Boast, Caroline. Ajude-a, por favor. Vamos levar os cavalos para o estábulo.

A senhora Boast era um amontoado de casacos e cobertores.

Ma se apressou a ajudá-la a tirar camada após camada de proteção.

– Venha para perto do fogo! Deve estar congelando.

– Ah, não – uma voz simpática respondeu. – O cavalo estava quente. Robert enrolou tantos cobertores em mim que nem fiquei com frio. Ele até guiou o cavalo, para que eu não tivesse que expor minhas mãos.

– Mesmo assim seu véu está congelado – disse Ma, desenrolando os metros de véu de lã que saíam da cabeça da senhora Boast.

Só então o rosto da mulher ficou visível, emoldurado por um capuz com acabamento em pele. Ela não parecia muito mais velha que Mary. Seu cabelo era castanho-claro, seus olhos eram azuis, e seus cílios eram compridos.

– Percorreu o caminho todo montada no cavalo, senhora Boast? – Ma perguntou a ela.

– Ah, não. Só uns três quilômetros. Viemos de trenó, mas ficamos presos na neve do charco. Os cavalos e o trenó atolaram – ela disse. – Robert conseguiu soltar os cavalos, mas tivemos de deixar o trenó.

– Ah, sim – Ma disse. – A neve cobre tudo, de modo que não dá para saber onde o charco começa. Mas as gramíneas por baixo não aguentam peso.

Ela ajudou a mulher a tirar o casaco.

– Fique com a minha cadeira, senhora Boast – Mary ofereceu. – É o lugar mais quente desta casa.

A senhora Boast disse que ficaria bem ao lado dela.

Pa e o senhor Boast chegaram batendo os pés no alpendre para tirar a neve dos sapatos. Quando o senhor Boast riu, todos riram junto, inclusive Ma.

– Mesmo que não saibamos qual é a piada – Laura disse à senhora Boast –, quando o senhor Boast ri, não sei por quê...

A senhora Boast estava rindo também.

– É contagiante – ela disse.

Laura olhou para seus olhos azuis e concluiu que seria um Natal feliz.

Ma já estava fazendo biscoitos.

– Como está, senhor Boast? – ela perguntou. – Vocês dois devem estar famintos. O jantar logo estará pronto.

Laura selou fatias de porco salgado na frigideira enquanto Ma levava os biscoitos ao forno. Ma passou o porco na farinha e começou a fritar, enquanto Laura descascava e cortava em rodelas as batatas.

– Vou fritar as batatas também – Ma cochichou para Laura na despensa. – Posso fazer molho e mais chá. Temos comida o bastante, mas e quanto aos presentes?

Laura não havia pensado naquilo. Não tinham nada para dar aos Boasts. Ma saiu da despensa para fritar as batatas e fazer o molho, e Laura foi colocar a mesa.

– Não sei quando foi a última vez que comi tão bem – a senhora Boast disse, depois de terminada a refeição.

– Não esperávamos vocês até a primavera – Pa disse. – O inverno não é uma boa época para viajar.

– Percebemos isso – o senhor Boast falou. – Mas o país inteiro virá para o oeste na primavera, Ingalls. Iowa inteiro, pelo menos. Sabíamos que precisávamos vir antes que algum aventureiro reivindicasse nosso terreno. Por isso viemos, apesar do tempo. Você deveria ter entrado com o pedido do seu no outono. Vai ter de correr para fazer isso na primavera, ou ficará sem nada.

Pa e Ma trocaram um olhar, sérios. Estavam pensando no terreno que Pa havia encontrado. Ma disse apenas:

– Está ficando tarde, e a senhora Boast deve estar cansada.

– Estou mesmo – a mulher disse. – Foi uma viagem difícil, e passar do trenó para o lombo do cavalo no meio de uma tempestade... Ficamos muito felizes ao ver sua luz acesa. E, quando chegamos mais perto, ouvimos a cantoria. Não sabem a maravilha que foi.

– Leve a senhora Boast com você, Caroline, e o senhor Boast e eu dormiremos aqui, perto do fogo – Pa disse. – Vamos cantar só mais uma música, depois as meninas vão dormir.

Ele voltou a pegar a rabeca do estojo e a afinou rapidamente.

– O que vai ser, Boast?

– "Um feliz Natal a todos" – disse o senhor Boast.

Sua voz de tenor se juntou à voz de baixo de Pa. O contralto suave da senhora Boast, o soprano de Laura e de Mary se seguiram, depois o contralto de Ma. Os agudinhos de Carrie soaram alegremente.

Um feliz Natal a todos quero desejar!
Os sinos e as árvores de Natal,
Os aromas que não há como tal
Alegres ressoam no ar.

*Por que devemos na missa
Tão agradecidos cantar?
Veja o sol da Justiça
Sobre a terra brilhar!*

*Luz para os andarilhos cansados,
Conforto para os oprimidos,
Serão todos recompensados
Com a paz e o descanso merecidos.*

– Boa noite! Boa noite! – todos disseram.

Ma subiu ao sótão para pegar a roupa de cama de Carrie para Pa e o senhor Boast.

– Os cobertores deles estão ensopados – ela disse. – Vocês três podem dormir na mesma cama nesta noite.

– Ma! E os presentes? – Laura sussurrou.

– Não se preocupe, darei um jeito – Ma sussurrou de volta. – Agora vão dormir, vocês três – ela disse, mais alto. – Boa noite, durmam bem!

Lá embaixo, a senhora Boast cantava sozinha, baixinho:

– *Luz para os andarilhos cansados...*

Feliz Natal

Laura ouviu a porta se fechar depois que Pa e o senhor Boast saíram para cumprir as tarefas da manhã. Ela se vestiu, tremendo de frio, e correu lá para baixo para ajudar Ma a preparar o café.

Mas a senhora Boast já a estava ajudando. A sala estava quente, por causa do fogão aceso. O mingau já estava no fogo. A água da chaleira fervia, e a mesa estava posta.

– Feliz Natal! – Ma e a senhora Boast disseram juntas.

– Feliz Natal – Laura respondeu, olhando para a mesa.

Em cada lugar, havia um prato virado para baixo por cima da faca e do garfo, como sempre. Mas sobre o fundo deles havia pacotes, alguns maiores e alguns menores, alguns embrulhados com papel de seda colorido, outros em papel pardo e amarrados com barbante colorido.

– Como não penduramos as meias ontem à noite, Laura, trouxemos os presentes para a mesa do café – disse Ma.

Laura voltou lá para cima e contou a Mary e Carrie sobre a mesa do café da manhã.

– Ma sabia onde todos os presentes estavam guardados, exceto o dela – ela disse. – Estão todos na mesa.

— Mas não podemos ganhar presentes! — Mary apontou, horrorizada. — Não temos nada para o senhor e a senhora Boast!

— Ma vai dar um jeito — Laura falou. — Foi o que ela me disse ontem à noite.

— Como pode ser? — Mary perguntou. — Não sabíamos que eles viriam. Não há nada que possamos dar a eles.

— Ma vai dar um jeito — Laura repetiu.

Ela pegou o presente de Ma, que estava guardado na caixa de Mary, e o escondeu atrás de si enquanto as três desciam a escada. Carrie se pôs entre Laura e Ma enquanto a irmã colocava o embrulho sobre o prato correspondente. Havia um pacotinho sobre o prato da senhora Boast e outro sobre o prato do senhor Boast.

— Ah, mal posso esperar! — Carrie sussurrou, retorcendo as mãozinhas. Seu rosto ovalado estava branco, e seus olhos brilhavam, arregalados.

— Pode esperar, sim. Temos de esperar — Laura disse.

Era mais fácil para Grace, que era tão pequena que nem notou a mesa de Natal. Mas mesmo Grace estava tão animada que Mary mal conseguiu abotoar seu vestido.

— *Feli Natá! Feli Natá!* — Grace gritava, sacudindo-se.

Quando conseguiu se soltar, ela correu e gritou, até que Ma lhe disse com toda a calma que crianças deviam ser vistas, e não ouvidas.

— Venha dar uma olhada, Grace — disse Carrie. Ela tinha soprado o vidro da janela e descongelado uma parte para conseguir enxergar lá fora. As duas ficaram ali, alternando-se para espiar, até que Carrie disse: — Aí vêm eles!

Pa e o senhor Boast se demoraram limpando as botas no alpendre, mas entraram a seguir.

— Feliz Natal! Feliz Natal! — todos disseram.

Grace correu para trás de Ma e se agarrou à saia dela, mas ficou espiando o desconhecido. Pa a pegou no colo e a jogou para cima, como costumava jogar Laura quando ela era pequena. Grace gritou e riu, como Laura costumava fazer. Laura teve de se esforçar para se lembrar de que agora era uma mocinha, ou teria rido também. Estavam todos tão felizes no quentinho, com o cheiro da comida no ar e companhia para o Natal, naquela casa aconchegante. A luz que entrava pelas janelas cobertas de gelo parecia prateada, mas, quando todos se sentaram à mesa, a janela que dava para o leste de repente ficou dourada. A pradaria lá fora, vasta e imóvel, agora era banhada pelo sol.

– Primeiro a senhora Boast – Ma disse, porque a senhora Boast era uma convidada.

A senhora Boast abriu seu pacote. Dentro, havia um lenço de algodão com uma barra estreita de crochê. Laura o reconheceu na hora: era o melhor lenço de Ma, aquele que ela costumava usar aos domingos. A senhora Boast ficou encantada e surpresa que houvesse um presente para ela.

O senhor Boast, também. Ele ganhou luvas sem dedos, com listras em vermelho e cinza. Couberam perfeitamente nele. Ma tinha feito as luvas para Pa, mas poderia fazer outras depois, enquanto os convidados não podiam ficar sem presentes no Natal.

Pa disse que suas meias novas eram exatamente do que precisava, pois o frio da neve atravessava suas botas. Ele também admirou a gravata que Laura havia feito.

– Assim que terminar o café, já vou usar! Ficarei muito bem-vestido neste Natal!

Todos exclamaram quando Ma desembrulhou o lindo avental. Ela o colocou na mesma hora e se levantou para que todos vissem. Então olhou para a bainha e sorriu para Carrie.

– Você faz uma bela bainha, Carrie. – Depois Ma sorriu para Laura. – E as pregas de Laura estão iguaizinhas e muito bem costuradas. É um avental muito bonito.

– Tem mais, Ma! – Carrie gritou. – Olhe no bolso!

Ma tirou o lenço do bolso, surpresa. Naquela mesma manhã, havia dado seu melhor lenço, e agora ganhava outro. Era como se tudo tivesse sido planejado, embora não tivesse sido nem um pouco. Ela não podia dizer aquilo na frente da senhora Boast, claro, por isso só olhou para a leve bainha do lenço e disse: – Que lenço mais lindo! Obrigada, Mary.

Em seguida, todos admiraram as pantufas de Mary, que tinham sido feitas das pontas de um cobertor velho. A senhora Boast disse que ia fazer para ela também, assim que um de seus cobertores ficasse velho.

Carrie vestiu as luvas e bateu palmas de leve.

– Ah, que luvas maravilhosas! Que luvas maravilhosas!

Então foi a vez de Laura abrir seu presente. Era um avental também, feito do mesmo tecido que o de Ma! Era menor que o de Ma e tinha dois bolsos, além de uma faixa de babado estreito em volta. Ma havia usado a outra cortina. Carrie fizera a costura, e Mary pregara o babado. Aquele tempo todo, Ma e Laura não sabiam que ganhariam uma da outra um avental feito das mesmas cortinas velhas. Mary e Carrie quase não tinham conseguido guardar segredo.

– Ah, obrigada! Muito obrigada! – Laura disse, alisando o belo calicô branco com estampa de florzinhas vermelhas. – Que belos pontos no babado, Mary! Muito obrigada!

Então veio a melhor parte. Todos ficaram vendo enquanto Ma vestia o casaquinho azul em Grace e ajeitava o colarinho de penugem de ganso. Ela também colocou o gorro sobre o cabelo dourado da menina. Um pouco da seda azul do forro aparecia em volta do rosto de Grace, combinando com seus olhos azuis. Ela tocou a penugem fofinha dos punhos do casaco, sacudiu as mãos e riu.

Grace estava tão linda, toda vestida em azul, branco e dourado, e tão feliz, rindo animada, que eles não conseguiam tirar os olhos dela. Mas Ma não queria que se acostumasse com toda aquela atenção. Portanto, logo a acalmou, tirou o casaco e o gorro dela e foi guardar no quarto.

Havia outro pacote ao lado do prato de Laura. Ela notou que Mary, Carrie e Grace também tinham um cada uma. Todas os desembrulharam juntas e encontraram um saquinho cor-de-rosa cheio de doces.

– Doces! – Carrie gritou.

– Doces! – Laura e Mary disseram ao mesmo tempo.

– Como foi que esses doces chegaram aqui? – Mary perguntou.

– Ué, Papai Noel não passou por aqui na véspera de Natal? – Pa disse.

Quase ao mesmo tempo, elas disseram:

– Ah, senhor Boast! Muito obrigada! Obrigada, senhor e senhora Boast!

Laura recolheu todos os papéis de embrulho e ajudou Ma a levar para a mesa uma travessa cheia de mingau dourado, um prato de biscoitos quentinhos, outro de batatas fritas, uma tigela de molho de peixe e uma de purê de maçã.

– É uma pena que não temos manteiga – disse Ma. – Nossa vaca dá tão pouco leite que não conseguimos mais fazer.

Mas o molho de peixe ficou uma delícia com o mingau e as batatas, e nada podia ser mais gostoso que biscoitos quentinhos e purê de maçã. Só tinham aquele tipo de café da manhã uma vez por ano. E mais tarde ainda haveria o almoço de Natal.

Depois do café, os homens pegaram os cavalos e foram buscar o trenó do senhor Boast. Eles levaram pás para tirar a neve do caminho até que os animais pudessem puxá-lo.

Mary ficou com Grace no colo na cadeira de balanço enquanto Carrie arrumava as camas e varria. Ma, Laura e a senhora Boast vestiram seus aventais, arregaçaram as mangas, lavaram a louça e prepararam o almoço.

A senhora Boast era muito divertida. Interessava-se por tudo e estava ansiosa para saber como Ma dava conta de tudo.

– Se não há leite o bastante, como os biscoitos ficam assim gostosos, Laura? – ela perguntou.

– Ora, é só usar massa azeda – Laura disse.

A senhora Boast nunca havia feito biscoitos de massa azeda! Foi divertido ensinar a ela. Laura mediu as xícaras de massa azeda, acrescentou o bicarbonato de sódio, o sal e a farinha e enrolou os biscoitos sobre a tábua.

– Mas como é que vocês fazem a massa azeda? – a senhora Boast perguntou, curiosa.

– Colocando farinha e água quente em um pote de vidro e deixando até azedar – Ma disse.

– Nunca use tudo, sempre deixe um pouco – Laura disse. – Junte os restos de massa de biscoito e mais água quente... – Laura fez como dizia. – Depois tampe. – Ela cobriu o vidro com um prato e um pano limpos. – E deixe em um lugar quente. – Laura pôs o pote na prateleira perto do fogão. – Está sempre pronto para usar, quando precisar.

– São os melhores biscoitos que já comi – a senhora Boast disse.

Em tão boa companhia, a manhã passou em um minuto. O almoço já estava quase pronto quando Pa e o senhor Boast chegaram com o trenó. A lebre enorme já estava dourando no forno. As batatas estavam cozinhando, e o bule de café fervia na parte de trás do fogão. Aromas deliciosos de carne assada, pão quentinho e café inundavam a casa. Pa sentiu assim que entrou.

– Não se preocupe, Charles – Ma disse. – Esse cheiro é de café, mas também estou fervendo água para o seu chá.

– Ótimo! Chá é a bebida certa para um homem nesse frio – ele disse.

Laura abriu a toalha branca e limpa na mesa e, no centro, colocou o açucareiro, a jarra de creme e o porta-colheres de vidro, cheio de colheres de prata. Carrie espalhou os garfos e facas em volta da mesa e encheu os copos de água, enquanto Laura deixava uma pilha de pratos ao lado da cadeira de Pa. Depois, toda feliz, ela distribuiu pratinhos com meia pera em calda por toda a mesa. Ficou lindo.

Pa e o senhor Boast já tinham se lavado e penteado o cabelo. Ma guardou o que faltava de panelas e frigideiras e ajudou Laura e a senhora Boast a levar o último prato para a mesa. Depois ela e Laura tiraram os aventais de trabalho e vestiram os que haviam ganhado de Natal.

– Venham! – disse Ma. – O almoço está servido.

– Venha, Boast! – disse Pa. – Sente-se e coma bem! Há comida para todos!

Diante de Pa, em uma travessa grande, estava a enorme lebre, com o recheio de pão e cebola transbordando. De um lado, havia um prato de purê de batata; do outro, uma tigela cheia de molho marrom.

Havia pratos de pãezinhos de fubá e biscoitos quentinhos. Também havia um prato de picles.

Ma serviu o café forte e o chá cheiroso, enquanto Pa enchia cada prato de lebre assada, recheio, batata e molho.

– É a primeira vez que comemos lebre no Natal – Pa disse. – Em nossa antiga casa, lebres eram tão comuns que comíamos diariamente. No Natal, fazíamos peru.

– Sim, Charles, e era tudo o que tínhamos – disse Ma. – Não havia uma despensa como essa, de onde tirávamos picles e pêssego em calda, no território indígena.

– É a melhor lebre que já comi – disse o senhor Boast. – E o molho está delicioso.

– A fome é o melhor acompanhamento – Ma respondeu, modesta.

– Sei por que a lebre está tão boa – a senhora Boast disse. – A senhora Ingalls coloca fatias finas de porco salgado por cima antes de assar.

– Bem, sim – Ma concordou. – Acho que fica mais saboroso.

Todos fizeram um segundo prato generoso. Pa e o senhor Boast fizeram um terceiro prato, e Mary, Laura e Carrie não recusaram nada, mas Ma pegou apenas um pouquinho de recheio, e a senhora Boast pegou mais um biscoito.

– Estou tão satisfeita que não posso comer mais nada – ela disse.

Quando Pa voltou a pegar o garfo, Ma o avisou:

– É melhor você e o senhor Boast guardarem espaço na barriga, Charles.

– Está querendo dizer que tem mais por vir? – perguntou Pa.

Ma foi até a despensa e voltou com uma torta de maçã.

– Torta! – disse Pa.

– Torta de maçã! – disse o senhor Boast. – Teria sido bom saber antes que haveria torta!

Devagar, cada um comeu um pedaço de torta. Pa e o senhor Boast dividiram o último pedaço.

– Acho que esse sempre vai ser o melhor almoço de Natal que já comi – o senhor Boast disse, com um suspiro satisfeito.

– Bem – Pa disse –, é o primeiro almoço de Natal que já houve por aqui. Fico feliz que tenha sido bom. Com o tempo, sem dúvida muita gente vai comemorar o Natal aqui, e imagino que terão pratos mais refinados em certos aspectos, mas não sei como poderão se sentir mais reconfortados do que nós agora.

Depois de um tempo, Pa e o senhor Boast se levantaram, relutantes, e Ma começou a tirar a mesa.

– Eu lavo os pratos – ela disse a Laura. – Ajude a senhora Boast a se acomodar.

Laura e a senhora Boast vestiram casacos, gorros, cachecóis e luvas e saíram para o frio cortante e cintilante. Rindo, as duas enfrentaram a neve para chegar até a casinha próxima que os agrimensores costumavam fazer de escritório. Pa e o senhor Boast deixaram o trenó à porta.

A casinha não tinha piso e era tão pequena que a cama de casal ocupava quase tudo. Pa e o senhor Boast instalaram o fogão a um canto perto da porta. Laura ajudou a senhora Boast a carregar um colchão de penas e colchas. Depois, colocaram a mesa e duas cadeiras à janela oposta ao fogão. O baú do senhor Boast ficou ente a mesa e a cama, para fazer as vezes de assento também. A louça ficou na prateleira sobre o fogão e em uma caixa ao lado. Mal sobrava espaço para a porta se abrir sem pegar na mesa.

– Pronto! – Pa disse, quando estava tudo feito. – Agora que já se ajeitaram, venham conosco. Nós quatro nem cabemos aqui, e há espaço de sobra na outra casa, que será a sede. Que tal uma partida de xadrez, Boast?

– Vão na frente – a senhora Boast disse a eles. – Laura e eu vamos logo mais.

Depois que eles foram embora, a senhora Boast tirou um saco de papel cheio de baixo da louça.

– É uma surpresa – ela disse a Laura. – Milho para estourar! Rob não sabe que eu trouxe.

Elas levaram o saco até a outra casa e esconderam na despensa, explicando baixo para Ma do que se tratava. Depois, quando Pa e o senhor Boast estavam concentrados no xadrez, elas aqueceram gordura na chaleira de ferro e despejaram um punhado de milho. Ao primeiro estalo, Pa se virou para elas.

– Pipoca! – ele exclamou. – Não como desde... Se eu soubesse que você havia trazido, Boast, já teria atacado.

– Eu não trouxe milho – disse o senhor Boast. Então exclamou: – Nell, sua marota!

– Continuem com o jogo de vocês! – a senhora Boast disse a ele, mas, pelos olhos azuis dela, parecia achar graça. – Estão ocupados demais para prestar atenção em nós.

– Sim, Charles – Ma disse. – Não queremos incomodar a partida de xadrez.

– Já ganhei de você, Boast – Pa disse.

– Não ganhou, não – o senhor Boast o desafiou.

Ma transferiu a pipoca da chaleira para uma leiteira, e Laura salgou com cuidado. Elas estouraram outro punhado de milho, e a leiteira encheu. Mary, Laura e Carrie pegaram cada uma um pratinho de pipoca crocante que derretia na boca, e Pa, Ma e o senhor e a senhora Boast se sentaram em volta da leiteira e ficaram comendo, conversando e rindo, até chegar a hora de fazer as tarefas, jantar e tocar a rabeca.

Cada Natal é sempre melhor do que os anteriores, Laura pensou. *Acho que deve ser porque estou crescendo.*

Dias felizes de inverno

A atmosfera natalina perdurou. Toda manhã, a senhora Boast cumpria suas tarefas rapidamente e ia passar o resto do tempo com "as outras meninas", como ela dizia. Estava sempre animada e era divertida e muito bonita, com seu cabelo escuro e macio, seus olhos azuis e brilhantes e as cores vívidas de seu cabelo e de suas faces.

Naquela primeira semana, o sol brilhou forte e não ventou. Em seis dias, a neve tinha desaparecido. A pradaria marrom parecia exposta, e o ar parecia quente como leite. Quem fez o almoço de Ano-Novo foi a senhora Boast.

— Para variar um pouco, podemos nos apertar na nossa casinha — ela disse.

Ela deixou que Laura ajudasse a arrumar as coisas. As duas colocaram a mesa sobre a cama para conseguir abrir a porta por completo, depois colocaram a mesa bem no meio da casa. De um lado, quase encostava no fogão, enquanto do outro quase encostava na cama. Mas havia espaço para todos entrarem, em fila única, e se sentarem. De onde estava sentada, a senhora Boast pôde servir a comida direto da boca do fogão.

Primeiro, tomaram sopa de ostras. Laura nunca havia provado algo tão bom quanto aquele leite quente saboroso e perfumado, com gostinho de mar. Tinha pontinhos dourados de creme derretido e pontinhos pretos de pimenta em cima, além de pequenas ostras em conserva embaixo. Ela tomou bem devagar, colherada a colherada, para que o gosto perdurasse o máximo possível em sua língua.

A sopa vinha acompanhada de bolachinhas salgadas que eram parecidas com as comuns, só que mais gostosas, porque eram mais leves e menores.

Quando a última gota de sopa se foi e as últimas bolachinhas foram divididas e mastigadas, eles comeram biscoitos doces quentinhos com mel e geleia de framboesa seca. Depois, comeram uma panela grande de pipoca macia e salgada, que fora mantida quente na parte de trás do fogão.

O almoço de Ano-novo foi assim. Leve, mas satisfatório. E teve um toque de elegância, porque foi muito diferente e servido na linda louça e na toalha novinha da senhora Boast.

Depois, eles ficaram sentados conversando, com o ar entrando pela porta aberta da casinha, a pradaria marrom se estendendo a distância e o céu azul-claro se curvando para encontrá-la.

– Nunca provei mel melhor – Pa disse. – Que bom que trouxe um pouco lá de Iowa.

– E as ostras – disse Ma. – Não sei se já tive um almoço igual.

– É um bom começo para 1880 – Pa declarou. – A década de 1870 não foi tão ruim assim, mas parece que esta será melhor. Se isto é uma amostra do inverno em Dakota, foi muita sorte termos vindo para o oeste.

– É uma bela região, com certeza – o senhor Boast concordou. – Fico feliz por ter entrado com o pedido para um terreno de cento e sessenta acres, e gostaria que tivesse feito o mesmo, Ingalls.

– Farei isso nesta semana – disse Pa. – Estava esperando o escritório em Brookings abrir, para não ter que fazer uma viagem de uma semana de ida e volta para Yankton. Disseram que abriria no dia primeiro, e com esse tempo acho que já posso partir amanhã! Se Caroline concordar.

– Eu concordo, Charles – Ma disse, baixo. Seus olhos e seu rosto inteiro brilhavam de alegria, porque logo Pa garantiria um terreno para eles.

– Então está acertado – disse Pa. – Não que eu ache que corra algum risco, mas é melhor já resolver essa história.

– Quanto antes, melhor, Ingalls – o senhor Boast disse. – Não tem ideia do número de pessoas que vão correr para cá na primavera.

– Bem, vou ser o primeiro a chegar – Pa respondeu. – Se partir antes do nascer do sol, devo chegar ao escritório depois de amanhã logo cedo. Se quiserem que eu mande alguma carta para Iowa, posso levar comigo e enviar de Brookings.

Assim terminou o almoço de Ano-novo. O senhor Boast e Ma passaram a tarde escrevendo cartas. Ma preparou comida para Pa levar. No entanto, ao cair da noite, o vento trouxe neve, e o gelo voltou a cobrir as janelas.

– Com esse tempo, não dá para ir a lugar nenhum – Pa disse. – Mas não se preocupe, Caroline. Vou conseguir nosso terreno.

– Sim, Charles. Tenho certeza disso – Ma respondeu.

Com o clima ruim, Pa visitava suas armadilhas e esticava peles de animais para secar. O senhor Boast, que não tinha carvão, ia até o lago Henry atrás de capoeira para queimar. A senhora Boast as visitava todos os dias.

Quando fazia sol, ela, Laura e Carrie, bem agasalhadas, brincavam juntas na neve profunda. Corriam e faziam guerrinhas de bolas de neve, e um dia fizeram um boneco de neve. Também corriam e deslizavam no gelo de mãos dadas, no frio forte e claro. Laura nunca havia rido tanto.

Em um fim de tarde, elas estavam voltando aquecidas e sem fôlego de tanto deslizar quando a senhora Boast disse:

– Laura, venha até em casa um minuto.

Laura foi, e a senhora Boast lhe mostrou uma pilha grande de jornais. Havia trazido todos aqueles exemplares de *New York Ledgers* de Iowa.

– Leve tantos quantos conseguir – ela falou. – Depois que ler, traga de volta e leve mais.

Laura correu até em casa carregada de jornais, os quais jogou no colo de Mary assim que irrompeu na sala.

– Viu, Mary? Viu o que eu trouxe? – ela gritou. – Histórias! Páginas e páginas de histórias!

– Ah, então se apresse para fazer o jantar, para que depois possamos ler – Mary disse, ansiosa.

– Não se preocupe com isso, Laura! – Ma disse. – Leia uma história para nós!

Enquanto Ma e Carrie faziam o jantar, Laura começou a ler em voz alta uma história maravilhosa, sobre anões, cavernas habitadas por ladrões e uma bela dama perdida. Na parte mais emocionante, ela leu:

– *Continua...*

Não havia mais nada escrito a respeito.

– Ah, nunca saberemos o que aconteceu com a moça – Mary se lamentou. – Acha que publicam só uma parte da história, Laura?

– Por que fazem isso, Ma? – Laura perguntou.

– Não fazem – Ma garantiu. – Veja o próximo jornal.

Laura pegou o jornal seguinte, e o outro e o outro.

– Ah, aqui está! – ela exclamou. – Tem mais, e mais... vai até o fim da pilha. Está tudo aqui, Mary! Este termina com "fim".

– É uma história seriada – disse Ma.

Laura e Mary nunca tinham ouvido falar naquilo.

– Bem – Mary disse, satisfeita –, podemos guardar a próxima parte para amanhã. Se lermos uma parte por dia, as histórias vão durar mais.

– Que meninas espertas – Ma disse.

Laura não comentou que preferiria ler o mais rápido possível. Com todo o cuidado, ela deixou os jornais de lado. Todo dia, lia mais uma parte da história, e ficavam todas se perguntando até o dia seguinte o que aconteceria com a bela dama.

Nos dias de chuva, a senhora Boast chegava com suas coisas de costura ou tricô, e elas liam e conversavam no aconchego do lar. Um dia, a senhora Boast disse a elas que todo mundo em Iowa fazia estantes de canto e que poderia lhes mostrar como.

Ela ensinou Pa como fazer. Ele fez cinco prateleiras de diferentes tamanhos e juntou da maior, embaixo, à menor, em cima, com ripas estreitas de madeira. Quando terminou, tinha uma estante pequena de três pé que cabia direitinho no canto da sala. A prateleira de cima ficava no máximo de altura que Ma era capaz de alcançar.

A senhora Boast fez uma cortina de papelão para pendurar na beirada de cada prateleira. Ela recortou uma vieira grande no meio do papelão e uma vieira menor de cada lado. Como as prateleiras, os pedaços de papelão e as vieiras recortadas iam diminuindo de tamanho.

Depois, ela mostrou como cortar e dobrar quadradinhos de papel de embrulho. Elas dobraram cada quadrado na diagonal e depois na transversal, e vincavam. Quando tinham dezenas de quadrados dobrados, a senhora Boast mostrou a Laura como costurá-los em fileiras no papelão, bem pertinho uns dos outros, com as pontas para baixo. Cada fieira se sobrepunha à de baixo, cada ponto deveria ficar entre dois pontos da fileira de baixo, e as fileiras deveriam seguir as curvas das vieiras.

Enquanto trabalhavam no aconchego da casa, contavam histórias, cantavam e conversavam. Ma e a senhora Boast falavam principalmente sobre suas futuras propriedades. A senhora Boast tinha sementes o bastante para os dois jardins e disse que ia dividi-los com Ma, que não precisaria se preocupar com aquilo. Quando a cidade fosse construída, talvez fosse possível comprar sementes lá, mas talvez não. Portanto, a senhora Boast havia trazido várias do jardim de suas amigas em Iowa.

– Vou ficar satisfeita quando estivermos estabelecidos – Ma disse. – Esta será nossa última mudança. O senhor Ingalls concordou com isso antes de deixarmos Minnesota. Minhas meninas vão estudar e viver uma vida civilizada.

Laura não sabia se queria ou não que se estabelecessem de vez. Quando concluísse sua educação, precisaria começar a lecionar, e ela preferia pensar em outras coisas. Preferia cantar a pensar no que quer que fosse. Podia cantarolar levemente sem interromper a conversa, e de vez em quando Ma, a senhora Boast, Mary e Carrie cantarolavam junto. A senhora Boast havia lhes ensinado duas músicas novas. Laura gostava de "Aviso cigano".

Mesmo que baixo e suave fale,
Não confie nele, gentil moça.
Mesmo que suplique e cale,
Que se ajoelhe, não o ouça.
Não cometa nenhum engano,
Tem uma vida feliz de antemão.
Então ouça este aviso cigano:
Senhora, não lhe dê atenção.

A outra música nova era "Quando eu tinha vinte e um, Nell, e você, dezessete". Era a preferida do senhor Boast. Ele conhecera a senhora Boast quando tinha vinte e um anos, e ela, dezessete. O nome de sua esposa era Ella, mas o senhor Boat a chamava de Nell.

Finalmente, os cinco pedaços de papelão estavam cobertos de fileiras e fileiras de papeizinhos, sem que nenhum ponto ficasse à mostra a não ser aqueles em cima da fileira superior. A senhora Boast costurou uma faixa larga de papel marrom sobre os pontos e a dobrou para que não aparecessem.

Finalmente, elas prenderam cada cortina a uma prateleira, com as vieiras e os papeizinhos. Pa pintou cuidadosamente toda a estante e todos os papeizinhos de um marrom-escuro bonito. Quando a tinta secou, eles colocaram o móvel no canto atrás da cadeira de Mary.

– Então é isso uma estante de canto – Pa disse.

– Sim – falou Ma. – Não ficou bonita?

– É um belo trabalho – ele confirmou.

– A senhora Boast diz que está na moda em Iowa.

– Bem, ela saberia disso – Pa concordou. – E nada em Iowa é bom demais para você, Caroline.

A melhor parte do dia era sempre depois do jantar. Pa tocava a rabeca toda noite, e agora as belas vozes do senhor e da senhora Boast arredondavam a cantoria. Pa tocava e cantava, animado:

> *Quando eu era jovem e solteiro,*
> *Conseguia ganhar muito dinheiro.*
> *E o mundo se dava bem comigo então!*
> *O mundo se dava bem comigo então!*
>
> *Então me casei, então, então!*
> *Então me casei, então!*
> *Então me casei, marido virei,*
> *E o mundo se deu bem comigo então!*

A música depois dizia que a tal mulher na verdade não era uma boa esposa, por isso Pa nunca cantava o restante. Seus olhos brilhavam para Ma em meio aos risos, e ele seguia em frente:

> *Ela faz uma torta de cereja,*
> *Meu rapaz, meu rapaz!*
> *Ela faz uma torta de cereja,*
> *Meu encantador rapaz!*
>
> *Ela faz uma torta de cereja*
> *Que é maravilhosa, veja.*
> *Mas é jovem para se casar*
> *E a mãe não pode deixar.*

A música prosseguia com apenas Pa e o senhor Boast cantando:

> *Aposto tudo na égua de rabo curto*
> *E você aposta tudo na égua cinza!*

Nem mesmo em músicas Ma aprovava apostas, mas não conseguia deixar de bater o pé enquanto Pa tocava aquele tipo de coisa.

Depois, eles sempre cantavam em ronda. O senhor Boast começava, com sua voz de tenor: "*Três ratos cegos...*"; e continuava enquanto a senhora Boast entrava em alto: "*Três ratos cegos...*"; e continuava enquanto Pa entrava em baixo: "*Três ratos cegos...*"; e o soprano de Laura, o contralto de Ma, Mary e Carrie. Quando o senhor Boast chegava ao fim da música, recomeçava sem parar, e todos se seguiam, um atrás do outro, continuando com as letras e a música.

> *Três ratos cegos! Três ratos cegos!*
> *Correram atrás da mulher do fazendeiro*
> *Que cortou seus rabos com a faca de açougueiro.*
> *Terão ouvido contos tão funestos*
> *Quanto o dos três ratos cegos?*

Eles continuavam cantando até que alguém ria e a música se encerrava, com todos rindo sem fôlego. Pa também tocava algumas músicas antigas, para "dormirem pensando nelas", segundo dizia.

> *Ontem à noite Nellie se foi,*
> *Ah, toquem os sinos por ela,*
> *Que foi a noiva mais bela.*

E:

> *Você se lembra da doce Alice,*
> *De quem uma vez me disse*
> *Que chorava feliz quando um sorriso recebia*
> *E diante de um franzir de cenho tremia?*

E:

> *Muitas vezes, na noite silenciosa,*
> *Antes mesmo de o sono me pegar,*
> *A doce memória, toda luminosa,*
> *Vinha de dias que não vão voltar.*

Laura nunca fora tão feliz. Por algum motivo, nunca se sentia mais feliz do que quando todos cantavam:

> *Como podem parecer tão frescas e belas*
> *As margens e as ribanceiras deste lugar?*
> *Como posso ser tão triste e viver preocupado*
> *Enquanto os passarinhos vivem a cantar?*

O caminho do peregrino

Em uma noite de domingo, a rabeca de Pa cantava, e todos cantavam junto, com vontade.

> *Reunidos no conforto do lar,*
> *Com música alegre a tocar,*
> *Paramos para pensar nesse momento*
> *Na morada solitária do sofrimento.*
> *Vamos oferecer a mão...*

De repente, a rabeca parou. Lá fora, uma voz forte cantava:

> *... aos pobres e sem destino*
> *Vamos oferecer a mão*
> *Àqueles no caminho do peregrino.*

A rabeca guinchou surpresa quando Pa a largou sobre a mesa e correu até a porta. O frio entrou, e a porta bateu atrás dele. Ouviram-se vozes lá fora. Então a porta se abriu, e dois homens sujos de neve entraram aos tropeços enquanto Pa dizia atrás deles:

– Vou ajudar com os cavalos, volto logo.

Um dos homens era alto e magro. Entre o gorro e o cachecol, Laura via olhos azuis e bondosos. Antes mesmo que soubesse o que estava fazendo, ela se ouviu gritando:

– Reverendo Alden! Reverendo Alden!

– Não pode ser o irmão Alden! – Ma exclamou, surpresa. – Ah, irmão Alden!

Ele tirou o gorro, de modo que eles puderam ver seus olhos agradáveis e seu cabelo castanho-escuro.

– Estamos muito felizes em vê-lo, irmão Alden – Ma disse. – Venha para mais perto do fogo. Que surpresa!

– Estou tão surpreso quanto você, irmã Ingalls – o reverendo Alden disse. – Deixei vocês à beira do riacho. Não fazia ideia de que tinham vindo para oeste. E aqui estão minhas meninas, que já viraram moças!

Laura nem conseguiu dizer nada. A alegria de reencontrar o reverendo Alden entalou em sua garganta. Mas Mary disse, com educação:

– Ficamos felizes em rever o senhor.

Todo o rosto de Mary irradiava alegria, com exceção de seus olhos cegos. O reverendo Alden ficou surpreso. Ele olhou rapidamente para Ma, depois voltou a olhar para Mary.

– Estes são o senhor e a senhora Boast, nossos vizinhos – Ma fez as apresentações.

– Vocês estavam cantando muito bem quando chegamos – o reverendo Alden disse.

– E o senhor também fez um belo trabalho – o senhor Boast disse.

– Ah, não fui eu quem se juntou à cantoria – disse o reverendo Alden. – Foi Scotty. Eu estava com frio demais, mas o cabelo ruivo dele o mantém sempre aquecido. Reverendo Stuart, estes são velhos amigos meus e seus amigos, ou seja, somos todos amigos agora.

O reverendo Stuart era tão jovem que parecia um menino crescido. Seu cabelo era flamejante, seu rosto estava vermelho do frio, e seus olhos cinza brilhavam.

– Arrume a mesa, Laura – Ma disse, baixo, colocando o avental.

A senhora Boast também colocou o dela, e elas se mantiveram ocupadas, alimentando o fogo, fervendo água para o chá, fazendo biscoitos e fritando batatas, enquanto o senhor Boast conversava com os visitantes, que continuavam se aquecendo perto do fogão. Pa voltou do estábulo com dois outros homens, os donos dos cavalos, que pretendiam se assentar no rio Jim.

Laura ouviu o reverendo Alden dizer:

– Nós dois somos apenas passageiros. Ouvimos falar de um assentamento no Jim, em uma cidade chamada Huron. A sociedade missionária nos enviou para dar uma olhada e preparar o terreno para uma igreja ali.

– Acho que estão planejando fazer uma cidade – disse Pa –, mas o único estabelecimento de que tenho conhecimento por enquanto é um *saloon*.

– Mais um motivo para levarmos a igreja para lá – o reverendo Alden disse, animado.

Depois que os homens haviam comido, o reverendo foi até onde Ma e Laura estavam lavando a louça. Ele agradeceu a Ma pelo excelente jantar e disse:

– Sinto muito, irmã Ingalls, pela aflição que acometeu Mary.

– Sim, irmão Alden – Ma respondeu, triste. – Às vezes, é difícil se resignar à vontade de Deus. Todos tivemos escarlatina em nossa antiga casa, e por um tempo foi difícil aceitar. Mas sou grata por todas as minhas filhas terem sido poupadas. Mary é um grande conforto para mim, irmão Alden. Ela nunca se queixou.

– Mary é uma alma rara e uma lição para todos nós – disse o reverendo Alden. – Devemos sempre nos lembrar de que o Senhor disciplina a todos que ama, e de que um bom espírito é capaz de transformar qualquer aflição em bem. Não sei se sabem disso, mas há escolas para cegos. Inclusive uma em Iowa.

Ma se segurou à bacia com força. Seu rosto assustou Laura. Sua voz saiu gentil, mas estrangulada e voraz.

– Quanto custa? – ela perguntou.

– Não sei, irmã Ingalls – o reverendo Alden respondeu. – Posso perguntar, se quiserem.

Ma engoliu em seco e voltou a lavar a louça.

– Não podemos pagar – ela disse. – Mas talvez depois... se não for caro demais, talvez mais para a frente possamos dar um jeito. Sempre quis que Mary estudasse.

O coração de Laura martelava no peito. Ela sentia o batimento na garganta. Pensamentos desvairados lhe ocorriam tão rápido que Laura nem conseguia entendê-los.

– Devemos confiar que tudo o que o Senhor faz é para nosso bem – disse o reverendo Alden. – Quando tiverem terminado com a louça, vamos fazer uma oração rápida, todos juntos?

– Sim, irmão Alden, vou adorar – Ma disse. – Tenho certeza de que todos vão.

Quando a louça e as mãos de todos estavam lavadas, Ma e Laura tiraram o avental e alisaram o cabelo. O reverendo Alden e Mary conversavam, enquanto a senhora Boast segurava Grace no colo e o senhor Boast, o reverendo Stuart e os dois outros homens conversavam com Pa sobre o trigo e a aveia que ele pretendia plantar depois que trabalhasse o solo. Quando Ma chegou, o reverendo Alden se levantou e disse que todos teriam o refresco de uma oração antes de se darem boa-noite.

Todos se ajoelharam, e o reverendo Alden pediu a Deus, que conhecia o coração deles e seus pensamentos secretos, que os olhasse de cima, perdoasse seus pecados e os ajudasse a fazer a coisa certa. Enquanto ele falava, uma quietude se espalhou pela sala. Era como se Laura fosse a grama quente, seca e empoeirada, e a quietude fosse uma chuva fresca e gentil caindo sobre ela. Foi um verdadeiro refresco. Tudo parecia simples agora que Laura se sentia forte e revigorada. Ela ficaria feliz em trabalhar duro e abrir mão do que queria para que Mary pudesse estudar.

O senhor e a senhora Boast agradeceram ao irmão Alden e foram para casa. Laura e Carrie desceram com as roupas de cama de Carrie, que Ma estendeu no chão, perto do fogo.

– Só temos uma cama – Ma se desculpou –, e receio que as cobertas sejam insuficientes.

– Não se preocupe, irmã Ingalls – disse o reverendo Alden. – Usaremos nossos casacos.

– Tenho certeza de que ficaremos confortáveis – garantiu o reverendo Stuart. – E estamos muito felizes de tê-los encontrado. Achávamos que teríamos de ir até Huron, mas então vimos a casa iluminada e ouvimos a cantoria.

No sótão, Laura ajudou Carrie a se despir no escuro e colocou o ferro quente perto dos pés de Mary na cama. Enquanto as três se aconchegavam juntas para se esquentar sob as cobertas geladas, ouviram Pa e os viajantes conversando e rindo diante do fogo.

– Laura – Mary sussurrou –, o reverendo Alden me disse que há escolas para pessoas cegas.

– Que há o que para pessoas cegas? – Carrie sussurrou.

– Escolas – Laura explicou. – Para que possam estudar.

– Como? – Carrie perguntou. – Achei que era preciso ler para estudar.

– Não sei – Mary disse. – De qualquer maneira, não posso ir. Deve ter um custo. Não acho que haja qualquer possibilidade.

– Ma sabe disso – Laura sussurrou. – O reverendo Alden falou com ela também. Talvez seja possível, Mary. Espero que seja. – Laura respirou fundo e prometeu: – Vou estudar bastante para poder lecionar e ajudar.

Na manhã seguinte, Laura acordou com as vozes dos viajantes e o barulho da louça batendo. Ela saiu da cama para se trocar e correu para baixo para ajudar Ma.

Fazia frio lá fora. O sol iluminava as janelas congeladas, e dentro de casa estavam todos felizes e animados. Os viajantes adoraram o café. Elogiaram tudo o que comeram. Os biscoitos eram leves, os bolinhos de batata estavam bem dourados, as fatias de porco estavam crocantes, o molho tinha uma consistência cremosa e suave. Ainda havia xarope de açúcar mascavo quente e chá aromático para todos.

– A carne está deliciosa – o reverendo Stuart disse. – Sei que é só carne de porco salgada, mas nunca comi igual. Poderia me ensinar a fazer igual, irmã Ingalls?

Quando Ma pareceu surpresa, o reverendo Alden explicou:

– É Scotty quem vai ficar por aqui, como missionário. Só vim para ajudá-lo no começo. Ele vai ter de fazer a própria comida.

– Sabe cozinhar, irmão Stuart? – Ma perguntou, e ele disse que esperava aprender com a experiência. Havia trazido suprimentos: feijão, farinha, sal, chá e porco salgado.

– A carne é fácil – disse Ma. – Corte em fatias bem finas e coloque no fogo em uma panela de água fria. Quando ferver, corte as fatias em quatro e frite até ficarem crocantes, depois transfira para um prato e separe um pouco da gordura para fazer manteiga. Depois doure um pouco de farinha na gordura que restou na frigideira, adicione um pouco de leite e mexa até ferver e o molho chegar ao ponto certo.

– Importa-se de escrever? – perguntou o reverendo Stuart. – Quanto farinha e quanto leite?

– Bem, eu nunca medi – disse Ma –, mas acho que tenho uma ideia.

Ela pegou uma folha de papel, sua caneta perolada e a tinta e escreveu as receitas de porco salgado frito e molho, e de biscoitos de massa azeda, sopa de feijão e feijão assado, enquanto Laura limpava a mesa rapidamente e Carrie corria para chamar o senhor e a senhora Boast para a cerimônia.

Parecia estranho, uma cerimônia religiosa na segunda pela manhã, mas os viajantes partiriam para a última perna da viagem até Huron, e ninguém queria perder a oportunidade de ouvir o sermão.

Pa tocou a rabeca, e todos cantaram um hino. Com as receitas de Ma no bolso, o reverendo Stuart fez uma prece rápida pedindo que todos fossem guiados em seus esforços dignos. Depois o reverendo Alden fez o sermão. Em seguida, a rabeca de Pa tocou alegre e docemente, e todos cantaram:

> *Há uma terra muito, muito distante e venturosa,*
> *Onde os santos se encontram banhados de glória,*
> *Ah, ouvir os anjos louvarem ao Senhor, nosso Rei...*

Quando os cavalos e a carroça estavam prontos para partir, o reverendo Alden disse:

– Esta foi a primeira cerimônia religiosa nesta nova cidade. Voltarei na primavera para organizar uma igreja. – Em seguida, ele se dirigiu a Mary, Laura e Carrie: – Teremos escola dominical também! Vocês podem ajudar com a árvore do próximo Natal.

Ele subiu na carroça e foi embora, deixando-os com muito o que pensar e esperar. Enrolados em xales, casacos e cachecóis, todos ficaram vendo a carroça seguir para oeste sobre a neve intocada, deixando marcas de roda para trás. O sol frio brilhava forte, e o mundo branco cintilava em milhões de pontinhos de luz.

– Bem – a senhora Boast disse através do xale que cobria sua boca –, foi bom termos participado da primeira cerimônia religiosa aqui.

– Qual é o nome da cidade que vai ser construída aqui? – Carrie perguntou, curiosa.

– Ainda não tem nome, tem, Pa? – Laura disse.

– Tem, sim – Pa respondeu. – De Smet. É o nome de um padre francês que foi um dos primeiros a vir para cá.

Eles voltaram a entrar na casa quentinha.

– Aquele pobre rapaz provavelmente vai perder a saúde – disse Ma. – Tentando cuidar de tudo sozinho e ainda cozinhar.

Ela se referia ao reverendo Stuart.

– Ele é escocês – Pa disse, como se aquilo significasse que ele ia ficar bem.

– O que foi que eu lhe disse, Ingalls, sobre a primavera? – falou o senhor Boast. – Já tem dois colonos aqui, e março mal começou.

– Também pensei nisso – comentou Pa. – Amanhã irei para Brookings, faça chuva ou faça sol.

A corrida da primavera

– Não teremos música nesta noite – Pa disse à mesa do jantar. – Vou dormir cedo para acordar cedo, para depois de manhã entrar com nosso pedido de propriedade.

– Que bom, Charles – disse Ma.

Depois de todo o burburinho da noite anterior e daquela manhã, a casa estava tranquila e arrumada outra vez. A louça estava lavada, Grace dormia em sua caminha, e Ma preparava a comida que Pa levaria na viagem a Brookings.

– Estou ouvindo vozes – Mary disse.

Laura colou o rosto à janela e bloqueou a luz da lanterna com as mãos. Ela viu dois cavalos escuros e uma carroça cheia de homens se aproximando na neve. Um deles gritou, e outro pulou para o chão. Pa foi encontrá-lo, e ambos conversaram um pouco. Depois voltou para casa e fechou a porta atrás de si.

– São cinco, Caroline – ele disse. – Desconhecidos a caminho de Huron.

– Não temos espaço para eles aqui – Ma disse.

– Temos que recebê-los nesta noite, Caroline. Não há nenhum outro lugar onde possam ficar ou comer alguma coisa. Os cavalos estão cansados e são novos. Se tentarem chegar a Huron hoje, vão se perder na pradaria e talvez morrer congelados.

Ma suspirou.

– Bem, você é quem sabe, Charles.

Ela fez comida para os cinco desconhecidos. Eles encheram a casa com o barulho de suas botas e suas vozes altas e amontoaram suas cobertas no chão, perto do fogo, para que servissem de cama. Antes mesmo que terminassem de lavar a louça, Ma tirou as mãos de Laura da água e disse, baixo:

– Hora de dormir, meninas.

Não era hora de dormir, mas elas sabiam que aquilo significava que não deviam ficar lá embaixo, com aqueles desconhecidos. Carrie seguiu Mary escada acima, mas Ma segurou Laura para lhe entregar um pedaço de madeira.

– Passe na fenda sobre o trinco – Ma disse. – Prenda bem e deixe ali. Assim ninguém vai conseguir abrir a porta de fora. Quero que a porta do quarto fique trancada. Não desça até eu chamar amanhã.

Pela manhã, Laura, Mary e Carrie ficaram deitadas na cama até o sol nascer. Lá embaixo, ouviam as vozes dos desconhecidos conversando e a louça do café da manhã batendo.

– Ma disse para não descermos até que nos chamasse – Laura insistiu.

– Queria que eles já tivessem ido – disse Carrie. – Não gosto nada de desconhecidos.

– Nem eu nem Ma – Laura disse. – Eles vão demorar para sair, porque os cavalos são novos.

Finalmente, eles foram embora. Durante o almoço, Pa disse que iria a Brookings no dia seguinte.

– Não adianta nem ir se não for cedo. É um longo dia de viagem, e não adianta nada começar depois de o sol nascer para ter que acampar no frio.

Naquela noite, mais desconhecidos chegaram. E, na outra, mais ainda.

– Será que não teremos mais uma noite de paz? Tenha piedade de nós – disse Ma.

– Não posso evitar, Caroline – Pa disse. – Não podemos recusar abrigo, quando não há nenhum outro lugar onde ficar.

– Podemos cobrar por isso, Charles – Ma disse, firme.

Pa não gostava de cobrar por abrigo e comida, mas sabia que ela estava certa. Por isso, começou a cobrar vinte e cinco centavos a refeição e vinte e cinco centavos por abrigo pela noite, fosse para homem ou cavalo.

Não houve mais cantoria, jantares confortáveis ou noites aconchegantes. A cada dia, mais desconhecidos se reuniam em volta da mesa, e, a cada noite, depois que a louça havia sido lavada, Laura, Mary e Carrie tinham de subir para o sótão e trancar bem a porta.

Os desconhecidos vinham de Iowa, Ohio, Illinois e Michigan, de Wisconsin e Minnesota, e até de Nova York e Vermont, mais distantes. Estavam indo para Huron, Fort Pierre ou ainda mais longe, em busca de terras.

Uma manhã, Laura se sentou na cama e ficou ouvindo.

– Onde será que está Pa? – ela perguntou. – Não ouço a voz dele. Só a do senhor Boast.

– Talvez tenha ido conseguir o terreno – Mary sugeriu.

Quando as carroças cheias finalmente partiram para oeste e Ma chamava as meninas para descer, ela disse que Pa havia saído antes de o sol nascer.

– Ele não queria nos deixar sozinhas, mas precisou. Se não correr, alguém vai ficar com nossa propriedade. Não tínhamos ideia de que o fluxo de pessoas seria assim, e março mal começou.

Era a primeira semana do mês. A porta estava aberta, e o clima já parecia de primavera.

– Março começa com bom tempo, termina com mau tempo – disse Ma. – Vamos, meninas, temos muito a fazer. Precisamos deixar esta casa em ordem antes que mais viajantes cheguem.

– Gostaria que ninguém viesse até que Pa voltasse – Laura disse enquanto ela e Carrie lavavam a louça.

– Talvez ninguém venha mesmo – Carrie torceu.

– O senhor Boast vai nos ajudar enquanto Pa não estiver – Ma disse. – Ele pediu que o senhor e a senhora Boast ficassem aqui. Os dois vão dormir no quarto, e eu e Grace vamos dormir com vocês lá em cima.

A senhora Boast chegou para ajudar. Naquele dia, elas limparam a casa inteira e trocaram as camas. Estavam todas muito cansadas quando, no fim do dia, chegou uma carroça do leste, com cinco homens dentro.

O senhor Boast ajudou a levar os cavalos para o estábulo. A senhora Boast ajudou Ma a fazer o jantar. Ainda nem tinham acabado de comer quando outra carroça chegou com mais quatro homens. Laura tirou a mesa, lavou a louça e ajudou a servir a comida dos quatro. Enquanto aqueles comiam, uma terceira carroça chegou com mais seis.

Mary havia ido para o sótão, para se afastar da multidão. Carrie fechou a porta do quarto e cantou para que Grace dormisse. Laura tirou a mesa de novo e lavou a louça de novo.

– Está ainda pior – Ma disse à senhora Boast quando as duas se encontraram na despensa. – Não temos lugar para quinze pessoas no chão. Vamos ter que usar o alpendre, e os homens vão ter que usar seus próprios cobertores e casacos como roupa de cama.

– Vou falar com Rob. Ele vai dar um jeito – disse a senhora Boast. – Ah, não. É outra carroça?

Laura teve de lavar a louça e arrumar a mesa de novo. A casa estava tão cheia de homens e de vozes desconhecidas, de casacos volumosos e botas enlameadas que ela mal conseguia passar pela multidão.

Finalmente, estavam todos alimentados, e o último prato foi lavado pela última vez. Com Grace nos braços, Ma seguiu Laura e Carrie até a escada e fechou a porta com cuidado atrás de si. Mary já dormia na cama. Laura mal conseguia manter os olhos abertos enquanto se despia. Assim que se deitou, foi despertada pelo barulho lá embaixo.

Havia conversa alta e barulho de passos. Ma se sentou para escutar melhor. Não se ouvia movimento no andar de baixo, de modo que o senhor Boast devia achar que estava tudo bem. Ma voltou a se deitar. O barulho ficou mais alto. Às vezes, quase parava, mas de repente explodia. Um baque balançou a casa. Laura se sentou na mesma hora e gritou:

– Ma! O que foi isso?

A voz de Ma saiu baixa, mas mesmo assim pareceu mais alta que os gritos no andar de baixo.

– Fique quieta, Laura – ela disse. – Volte a deitar.

Laura achou que não conseguiria dormir. Estava cansada, mas o barulho a atormentava. Outro baque a despertou do sono profundo.

– Está tudo bem, Laura – Ma disse. – O senhor Boast está lá embaixo. Laura voltou a dormir.

De manhã, Ma a sacudiu de leve para acordá-la e sussurrou:

– Venha, Laura, vamos fazer o café da manhã. Deixe as outras dormirem.

As duas desceram a escada juntas. O senhor Boast já havia recolhido as camas. Despenteados, sonolentos e de olhos vermelhos, os homens vestiam o casaco e as botas. Ma e a senhora Boast fizeram o café da manhã. Não havia lugar nem pratos para todos, por isso Laura teve de pôr a mesa e lavar a louça três vezes.

Finalmente, todos os homens foram embora. Ma chamou Mary, enquanto ela e a senhora Boast faziam o café da manhã para eles e Laura lavava a louça e arrumava a mesa outra vez.

– Que noite! – a senhora Boast exclamou.

– O que aconteceu? – Mary perguntou.

– Acho que estavam bêbados – Ma disse, com os lábios franzidos.

– E como! – o senhor Boast disse a ela. – Trouxeram garrafas e uma jarra de uísque. Pensei em interferir, mas o que poderia fazer contra uma multidão de quinze bêbados? Decidi deixar que brigassem entre si, a menos que fossem botar fogo na casa.

– Que bom que não puseram – disse Ma.

Naquele dia, um jovem chegou à casa com a carroça cheia de madeira. Vinha de Brookings e pretendia construir uma loja. Ele foi muito gentil ao pedir para Ma que o hospedasse durante a construção, e ela não pôde se recusar, porque não havia outro lugar onde ele pudesse comer.

Depois chegaram um homem e o filho, de Sioux Falls. Carregavam madeira para construir uma mercearia. Imploraram para que Ma os recebesse também. Ela concordou e disse a Laura:

– Perdido por cem, perdido por mil.

– Se Ingalls não voltar logo, vai deparar com uma cidade construída – disse o senhor Boast.

– Só espero que não tenha chegado tarde demais para entrar com o pedido – Ma respondeu, ansiosa.

A aposta de Pa

O dia nem parecia real. As pálpebras de Laura estavam pesadas, e ela bocejava o tempo todo, embora não estivesse com sono. Ao meio-dia, o jovem senhor Hinz e os dois senhores Harthorn chegaram para o almoço. À tarde, dava para ouvir os martelos deles trabalhando nas novas construções. Parecia que fazia um longo tempo que Pa havia partido.

Ele não voltou naquela noite. Nem voltou no dia seguinte. Ou na noite seguinte. Agora Laura estava certa de que ele enfrentava dificuldades para conseguir o terreno. Talvez nem fosse conseguir. Se fosse o caso, talvez tivessem de ir mais para oeste, para o Oregon.

Ma não deixava que outros desconhecidos dormissem na casa. Só o senhor Hinz e os dois Harthorns podiam dormir no chão da sala, perto do fogão. O clima já não estava tão frio que os homens congelariam se dormissem na carroça. Ma cobrava vinte e cinco centavos pelo jantar. Ela e a senhora Boast cozinhavam até tarde, enquanto Laura lavava a louça. Tantos homens chegavam para comer que Ma nem tentava contar.

Pa voltou para casa no fim da tarde do quarto dia. Ele acenou enquanto passava e foi direto guardar os cavalos cansados no estábulo, depois voltou andando, com um sorriso no rosto.

– Caroline, meninas, conseguimos a propriedade! – ele disse.

– Conseguimos! – Ma exclamou, feliz.

– Eu disse que conseguiria, não disse? – Pa riu. – *Brrr!* Faz frio na carroça. Vou me aquecer em frente ao fogão.

Ma atiçou o fogo e colocou água para ferver para fazer o chá.

– Teve alguma dificuldade, Charles? – ela perguntou.

– Não vai acreditar – disse Pa. – Nunca vi tanta gente. Parece que o país inteiro está tentando conseguir um lote de terra. Cheguei em Brookings à noite, mas, na manhã seguinte, quando fui ao escritório, não consegui nem chegar perto da porta. Todos tinham de fazer fila e esperar sua vez. Havia tanta gente à minha frente que nem me chamaram no primeiro dia.

– Não passou o dia todo de pé, passou? – Laura perguntou.

– Passei, sim, canequinha. O dia todo.

– Sem nada para comer? Ah, não, Pa! – disse Carrie.

– *Pff*, nem liguei para isso. O problema era a multidão. Ficava pensando que alguém à minha frente pudesse querer a propriedade. Caroline, nunca vi tanta gente. Mas minha preocupação inicial não era nada, considerando tudo o que aconteceu.

– O que aconteceu, Pa? – Laura perguntou.

– Me dê um tempo para respirar, canequinha! Bem, quando o escritório fechou, acompanhei a multidão e fui jantar no hotel, então ouvi dois homens conversando. Um deles reivindicava uma propriedade perto de Huron, mas o outro disse que De Smet seria uma cidade muito melhor do que Huron, então mencionou a propriedade que encontrei no inverno; reconheci pelo número. Ia entrar com o pedido logo cedo na manhã seguinte. Disse que era o único lote de terra disponível perto da cidade, por isso ia ficar com ele mesmo que nunca a tivesse visto. Bem, foi o bastante para mim. Eu precisava chegar antes dele. Pensei em acordar bem cedo na manhã seguinte, depois concluí que era melhor não arriscar. Depois de jantar, fui direto para o escritório.

– Mas não estava fechado? – perguntou Carrie.

– Estava. Passei a noite nos degraus de entrada.

– Precisava mesmo ter feito isso, Charles? – perguntou Ma, passando uma caneca de chá a ele.

– Se eu precisava mesmo ter feito isso? – Pa repetiu. – Não fui o único homem a ter essa ideia, nem de perto. Por sorte, fui o primeiro a chegar. Umas quarenta pessoas devem ter passado a noite toda esperando. Os dois homens que ouvi conversando estavam logo atrás de mim.

Ele soprou o chá quente para esfriar.

– Eles não sabiam que queria o mesmo lote, sabiam?

– Eles nem me conheciam – Pa disse, bebendo o chá. – Até que um homem chegou e disse: "Olá, Ingalls! Soube que aguentou o inverno no lago. Vai ficar em De Smet, é?"

– Ah, Pa! – Mary lamentou.

– Sim, aí tudo se complicou – disse Pa. – Eu sabia que não teria chance se saísse dali. Então não saí. Quando o sol nasceu, tinha o dobro de pessoas esperando e uma centena de homens se empurrando e acotovelando antes que o escritório abrisse. Ninguém esperaria na fila naquele dia. Seria cada um por si, e o diabo por todos. Finalmente, a porta se abriu. Pode me trazer um pouco mais de chá, Caroline?

– Ah, Pa, continue! – Laura pediu. – Por favor.

– No mesmo instante, o homem de Huron me segurou. "Entre que eu seguro este aqui", ele disse ao amigo. Eu teria que brigar com ele, e, enquanto o fizesse, o outro ficaria com minha propriedade. Então alguém acertou o homem de Huron com tudo e gritou: "Pode ir, Ingalls! Eu dou um jeito nele! *Iou-ii-ii!*"

O longo grito de Pa ecoou pelas paredes.

– Por favor, Charles! – disse Ma.

– Vocês nunca vão acreditar quem era.

– O senhor Edwards! – Laura gritou.

Pa ficou perplexo.

– Como foi que você soube, Laura?

– Ele gritava assim no território indígena. É um gato selvagem originário do Tennessee – Laura se lembrou. – Ah, Pa, onde ele está? Você o trouxe para cá?

– Não consegui convencê-lo a vir comigo – Pa disse. – Tentei tudo em que consegui pensar, mas ele já reivindicou um terreno a sul daqui e precisa ficar por lá para protegê-lo de aproveitadores. Mas pediu que eu dissesse a você, Caroline, e a Mary e Laura que eu nunca teria conseguido nosso lote se não fosse por ele. Que briga aquele homem começou!

– O senhor Edwards saiu machucado? – Mary perguntou, ansiosa.

– Sem nem um arranhão. Ele só começou a briga. Escapou assim que eu entrei para reivindicar o terreno. Mas ainda levou algum tempo para a multidão se acalmar. Eles...

– Bem está o que bem acaba, Charles – Ma o interrompeu.

– Acho que sim, Caroline – Pa disse. – Sim, acho que você tem razão. Bem, meninas, aposto catorze dólares do Tio Sam contra nossos cento e sessenta acres de terra que em cinco anos estaremos vivendo daquela terra. Vão me ajudar a ganhar a aposta?

– Ah, sim, Pa! – Carrie respondeu, animada.

– Sim, Pa! – Mary disse, feliz.

– Sim, Pa – Laura prometeu, séria.

– Não gosto de pensar nisso como uma aposta – Ma disse, com gentileza.

– Tudo é mais ou menos uma aposta, Caroline – disse Pa. – Nada é garantido, além da morte e dos impostos.

A onda de construções

Não houve tempo para uma boa e longa conversa com Pa. O sol que entrava pela janela oeste já batia no chão.

– Precisamos preparar o jantar – Ma disse. – Eles chegarão logo.

– Eles quem? – Pa perguntou.

– Ah, Ma, espere, quero mostrar a ele – Laura implorou. – É uma surpresa, Pa! – Ela foi correndo para a despensa e do saco quase vazio de feijão tirou um pacote cheio de dinheiro. – Veja, Pa, veja!

Pa apalpou o pacote, impressionado. Então olhou para o rosto delas, que sorriam reluzentes.

– Caroline! O que vocês andaram aprontando?

– Abra, Pa! – Laura exclamou, mas não aguentou esperar que ele o fizesse. – São quinze dólares e vinte e cinco centavos!

– Ora, ora! – Pa disse.

Enquanto Laura e Ma preparavam o jantar, elas lhe contaram tudo o que havia acontecido em sua ausência. Antes que terminasse, outra carroça parou à porta. Eram sete desconhecidos chegando para jantar – mais um dólar e setenta e cinco centavos. Agora que Pa estava em casa, os homens poderiam voltar a dormir no chão. Laura não se importava com quantos pratos teria de lavar ou com sono ou cansaço. Pa e Ma ficariam ricos, e ela ia ajudar.

Pela manhã, Laura ficou surpresa. Mal houve tempo para falar. Havia tantos homens para tomar café que ela não conseguia lavar os pratos rápido o bastante. Quando finalmente pendurou a bacia, precisaria correr para varrer e esfregar o chão enlameado a tempo de descascar batatas que seriam servidas no almoço. Só conseguira vislumbrar o dia azul, branco e marrom de março, ensolarado e frio, enquanto esvaziava a bacia. E viu Pa indo com a carroça carregada de madeira na direção de onde construiriam a cidade.

– O que Pa está fazendo? – Laura perguntou.

– Ele vai construir um imóvel na cidade – Ma explicou.

– Pra quem? – Laura comentou, começando a varrer. Seus dedos estavam enrugados, de tanto tempo que haviam ficado na água.

– *Para* quem – Ma a corrigiu. – Para ele mesmo.

Ma passou pela porta com uma braçada de roupas de cama para arejar.

– Achei que íamos morar na propriedade – Laura disse quando Ma voltou.

– Temos seis meses antes de começar a construir no terreno – Ma disse. – A cidade está sendo ocupada tão depressa que Pa acha que pode ganhar um bom dinheiro construindo lá. Vai usar a madeira das cabanas da companhia ferroviária e fazer uma loja para vender.

– Ah, Ma, não é maravilhoso todo o dinheiro que estamos ganhando? – Laura disse, varrendo vigorosamente enquanto Ma pegava outra braçada de roupas de cama.

– Arraste a vassoura, Laura. Não vire, porque levanta poeira – Ma disse.

– Sim, mas não devemos nos precipitar.

Naquela semana, a casa ficou cheia de hóspedes fixos, homens que estavam construindo na cidade ou em terrenos. Do amanhecer até a noite, Ma e Laura mal tinham tempo de respirar. O dia todo, ouviam o barulho das carroças passando. Animais puxavam carregamentos de madeira de Brookings o mais rápido que podiam, e todos os dias o esqueleto amarelado de construções era erguido. Já dava para ver a rua principal crescendo do chão enlameado ao longo do aterro da ferrovia.

Toda noite, roupas de cama cobriam o chão da sala e do alpendre. Pa dormia no chão com os homens; Mary, Laura e Carrie se mudaram para o quarto com Ma e Grace, para que pudessem ocupar o sótão também.

Os suprimentos acabaram, de modo que Ma agora precisava comprar farinha, sal, feijão, carne e fubá e já não lucrava tanto. Tudo custava de três a quatro vezes mais que em Minnesota, ela dizia, porque a companhia ferroviária e os comerciantes cobravam pelo envio. As estradas estavam enlameadas, e animais não conseguiam puxar cargas muito grandes. De qualquer maneira, ela lucrava alguns centavos a cada refeição servida, e tudo o que pudessem ganhar era melhor do que nada.

Laura gostaria de poder ter tempo de ver a loja que Pa estava construindo. Também gostaria de falar com ele sobre o prédio, mas Pa comia com os homens e ia embora com eles. Não tinham mais tempo de conversar.

De repente, ali na pradaria marrom, onde antes não tinha nada, havia uma cidade. Em duas semanas, por toda a rua principal, as fachadas de metal das novas construções de dois andares, quadradas em cima e ainda sem pintura, eram erguidas. Por trás das fachadas falsas, as construções se acocoravam sob o telhado de telhas inclinado para um lado só. Já havia pessoas morando ali. As chaminés soltavam fumaça cinza, e as janelas de vidro cintilavam ao sol.

Um dia Laura ouviu um homem dizer, em meio ao barulho à mesa, que estava construindo um hotel. Ele havia chegado na noite anterior de Brookings com um carregamento de madeira. Sua esposa chegaria com o próximo carregamento.

– Em uma semana estaremos abertos – ele disse.

– Que bom saber – Pa falou. – Esta cidade está mesmo precisando de um hotel. Terá um negócio de sucesso assim que conseguir começar.

Tão repentinamente quanto começou, a correria terminou. Em uma noite, Pa, Ma, Laura, Mary, Carrie e Grace se sentaram para jantar sem mais ninguém. Eles tinham sua casa de volta, porque ninguém mais estava hospedado lá. Uma linda quietude predominava, pacífica, tranquila, como o silêncio depois que uma tempestade de neve para, ou o sossego da chuva depois de uma longa seca.

– Eu nem sabia quão cansada estava – Ma disse, então soltou um suspiro calmo.

– Fico feliz que você e as meninas não precisem mais trabalhar para desconhecidos – disse Pa.

Eles não conversaram muito. Era extremamente agradável voltar a jantar sozinhos.

– Laura e eu fizemos as contas – Ma disse. – Lucramos mais de quarenta dólares.

– Quarenta e dois dólares e cinquenta centavos – confirmou Laura.

– Vamos deixar esse dinheiro reservado, se possível – disse Pa.

Se conseguissem economizar, Laura pensou, poderiam mandar Mary para a escola.

– Os agrimensores devem aparecer qualquer dia desses – Pa prosseguiu. – É melhor nos aprontarmos para a mudança e para devolver a casa a eles. Podemos morar na cidade até que eu venda a loja.

– Muito bem, Charles. Vamos lavar as roupas de cama amanhã e começar a arrumar nossas coisas – disse Ma.

No dia seguinte, Laura ajudou a lavar todos os cobertores e colchas. Ela ficou feliz em levar o cesto carregado até o varal no clima doce e fresco de março. As carroças passavam devagar ao longo da estrada enlameada que conduzia a oeste. Havia apenas uma borda de gelo no lago e no charco. A água do lago estava azul como o céu. A distância, um arco de pontinhos pretos se aproximava no céu cintilante, vindo do sul. De algum lugar chegava o som vago e solitário dos gansos grasnando.

Pa entrou correndo na casa.

– O primeiro bando de gansos da primavera chegou! O que acham de jantar ganso assado?

Ele correu para fora com a espingarda.

– Hum, seria bom – Mary disse. – Ganso recheado com sálvia. O que acha, Laura?

– Acho ruim, e você sabe – Laura respondeu. – Não gosto de sálvia. Fica melhor com cebola.

– Mas eu não gosto de cebola! – Mary disse, contrariada. – Quero sálvia!

Laura, que estava esfregando o chão, ficou de cócoras.

– Não importa. Não vai ter sálvia no ganso. De vez em quando, pode muito bem ser como eu quero!

– Meninas! – Ma disse, surpresa. – Estão brigando?

– Quero sálvia! – Mary insistiu.

– E eu quero cebola! – Laura gritou.

– Meninas, meninas – Ma disse, enfadada. – O que foi que aconteceu com vocês? Nunca vi algo tão tolo. Sabem que não temos nem sálvia nem cebola.

A porta se abriu. Pa entrou e guardou a espingarda no lugar, muito sério.

– Estavam todos fora de alcance – ele disse. – Quando cheguei perto do lago, o bando inteiro seguiu para o norte. Devem ter visto as novas construções e ouvido o barulho. Parece que a caça vai ser fraca nesta região daqui em diante.

Morando na cidade

Ao redor da cidadezinha inacabada, a pradaria se estendia infinita e verde ao sol, com grama brotando por toda a parte. O lago de um azul límpido refletia as nuvens grandes e brancas no céu.

Devagar, Laura e Carrie foram uma de cada lado de Mary até a cidade. Atrás dela, seguia a carroça carregada. Pa, Ma e Grace estavam dentro dela, enquanto Ellen, a vaca, estava amarrada à parte de trás. Estavam todos se mudando para a casa que Pa havia construído na cidade.

Os agrimensores tinham retornado. O senhor e a senhora Boast haviam partido para sua propriedade. Os Ingalls não tinham onde morar a não ser a construção inacabada de Pa. Laura não conhecia ninguém naquela cidade agitada. Não estava mais feliz no isolamento da pradaria: sentia-se solitária e assustada. A existência da cidade fazia toda a diferença.

Os homens se mantinham ocupados trabalhando em construções em toda a rua principal. A grama nova, lamacenta e amassada da rua vivia repleta de lascas de madeira, serragem e aparas de tábuas. As rodas das carroças abriam sulcos profundos nela. Através da estrutura das construções que ainda não tinham paredes, ao longo dos becos entre elas e além dos dois extremos da rua, a pradaria verde e aberta ondulava até longe, silenciosa sob o céu limpo, mas a cidade era movimentada e barulhenta, com as serras trabalhando, as batidas dos martelos, o baque das caixas e tábuas sendo descarregadas e a conversa alta dos homens.

Timidamente, Laura e Carrie aguardaram que a carroça de Pa as alcançasse e conduziram Mary ao lado dela até a esquina da casa de Pa.

As fachadas falsas surgiram, cortando metade do sol. A casa de Pa tinha uma porta na frente, com uma janela de cada lado. Ao abrir, a porta dava para uma sala comprida. No outro extremo ficava a porta dos fundos, com uma janela ao lado. O piso era de tábuas largas. A luz do sol entrava pelas fendas das tábuas das paredes. E só.

– Não é um lugar muito aconchegante ou arrumado, Caroline – Pa disse. – Ainda não tive tempo de finalizar as paredes e fazer o forro, e precisaria de uma cornija sob o beiral para cobrir aquela rachadura grande. Mas é o bastante para nos manter aquecidos agora que a primavera chegou, e logo terei terminado tudo.

– Vai precisar fazer uma escada, para que consigamos acessar o sótão – Ma disse. – Vou esticar uma cortina para dividir os cômodos e termos onde dormir até você conseguir fazer um tabique. Com esse clima, não precisamos de tapumes ou forro.

Pa levou Ellen e os cavalos para um pequeno estábulo que ficava nos fundos do terreno. Depois instalou o fogão e estendeu uma corda para Ma pendurar a cortina. Ela pendurou lençóis nele enquanto Laura ajudava Pa a montar a cama. Depois Carrie ajudou Laura a colocar os lençóis enquanto Mary entretinha Grace e Ma fazia o jantar.

Enquanto comiam, a luz da lamparina brilhava contra a cortina branca, mas a ponta do cômodo comprido ficava nas sombras. Um vento frio entrava pelas rachaduras, fazendo a chama bruxulear e a cortina se mover. Havia espaço livre demais naquela casa, mas o tempo todo Laura sentia que, lá fora, desconhecidos se fechavam sobre ela. Dava para ver luzes acesas nos vizinhos e pessoas passando com lanternas. Ouviam-se vozes, embora não fosse possível distinguir as palavras. Mesmo quando a noite se acalmou, Laura se sentia pressionada por todas aquelas pessoas ali perto. Ela ficou deitada na cama com Mary, no cômodo escuro e espaçoso, olhando para a cortina branca e ouvindo a imobilidade. Sentia-se presa na cidade.

Em algum momento naquela noite, sonhou com lobos uivando, mas estava na cama, e quem uivava era o vento. Estava com frio. Estava com frio demais para despertar. As cobertas pareciam muito finas. Ela se aconchegou junto de Mary e enfiou a cabeça gelada debaixo das cobertas finas. Dormiu tensa e trêmula, até finalmente se esquentar. Quando se deu conta, Pa estava cantando.

> *Ah, como a flor estou contente*
> *Que à brisa se curva e assente!*
> *Meu coração está leve como o vento*
> *Que balança as folhas sem intento!*

Laura abriu um olho e espiou de baixo das cobertas. Sentiu a neve caindo suave em seu rosto. Bastante neve.

– Ah! – ela exclamou.

– Fique aí, Laura! – disse. – Não se movam, meninas. Vou tirar a neve de vocês em um minuto. Assim que acender o fogo e tirar a neve de cima de Ma.

Laura ouviu o barulho de Pa mexendo no fogão, o riscar de um fósforo e os estalos de um graveto queimando. Ela não se mexeu. Sentia o peso das cobertas sobre seu corpo e estava tão quente quanto uma torrada.

Logo, Pa apareceu daquele lado da cortina.

– Tem uns bons trinta centímetros de neve nas camas! – ele exclamou. – Mas vou tirar tudo rapidinho. Fiquem paradas, meninas!

Laura e Mary se mantiveram imóveis enquanto Pa tirava a neve de cima das cobertas e o frio retornava. As duas ficaram assistindo trêmulas a Pa tirar a neve de cima de Carrie e Grace. Depois ele foi até o estábulo para ver Ellen e os cavalos.

– Levantem-se, meninas! – Ma disse. – Tragam as roupas para se vestir perto do fogo.

Laura pulou da cama quente e pegou suas roupas da cadeira onde as havia deixado na noite anterior. Espanou a neve delas e correu descalça pela neve acumulada no piso frio até o fogão, do outro lado da cortina.

– Espere, Mary! Volto em um minuto para espanar a neve das suas roupas – Laura disse.

Ela tirou a neve da anágua e do vestido tão depressa que nem derreteu. Depois sacudiu as meias, tirou toda a neve dos sapatos e os calçou. Laura foi tão rápida que, depois que se vestiu, ficou bem quentinha. Então foi tirar a neve das roupas de Mary e ajudá-la a se aproximar do calor do fogo.

Carrie chegou correndo, aos gritos e pulinhos.

– Ah, a neve está queimando meus pés! – ela disse, dando risada e batendo os dentes de frio.

Era tão emocionante acordar sob um monte de neve que Carrie não aguentou esperar que Laura a tirasse de suas roupas. A irmã a ajudou a se abotoar, depois elas colocaram os casacos e, com a pá do fogão e a vassoura, acumularam toda a neve em montes nos cantos da sala comprida.

Havia montes de neve por toda a rua. Cada pilha de madeira também tinha se transformado em uma montanha de neve. A neve também cobria as vigas das construções inacabadas, que despontavam delas, finas e amarelas. O sol tinha nascido. A neve das elevações estava rosada, e a das depressões, azulada. O ar entrava gelado por todas as frestas.

Ma aqueceu seu xale e o enrolou em volta de Grace, depois levou a menina para ficar com Mary, que se balançava na cadeira ao lado do fogo. O fogão quente aquecia tudo em volta. Ma aproximou a mesa dele. Quando Pa voltou, o café da manhã estava pronto.

– Essa construção é como uma peneira! – Pa disse. – A neve entrou por todas as rachaduras e por baixo dos beirais. Foi uma verdadeira nevasca!

– E pensar que passamos todo o inverno sem uma e agora estamos em abril – Ma comentou, embasbacada.

– Foi sorte ter caído à noite, quando estavam todos sob as cobertas – Pa disse. – Se tivesse caído durante o dia, certamente algumas pessoas teriam se perdido e congelado. Ninguém espera uma nevasca nessa época do ano.

– Bem, o frio não pode durar muito mais – Ma garantiu a si mesma. – As chuvas de abril trazem as flores de maio. O que a nevasca de abril trará?

– Para começar, um tabique – Pa disse. – Vou fazer hoje mesmo uma divisória para manter o calor perto do fogão.

E ele fez. Serrou e martelou o dia todo, perto do fogo. Laura e Carrie ajudaram segurando as tábuas, enquanto Grace ficou brincando com as raspas de madeira no colo de Mary. A divisória formava dois cômodos menores, um com o fogão e a mesa, e o outro com as camas. A janela dava para a pradaria, antes verde, coberta de neve.

Pa trouxe mais madeira e começou a forrar as paredes.

– Isso vai dar conta das rachaduras – ele disse.

Ouviam-se serras e martelos trabalhando dentro das casas de toda a cidade.

– Sinto muito pela senhora Beardsley, que administra um hotel que continua sendo construído sobre a cabeça dela.

– É o que acontece quando se constrói um país – disse Pa. – Constroem sobre nossas cabeças e sob nossos pés, mas constroem. Nunca teríamos o que precisamos se esperássemos que estivesse tudo de acordo antes de começar.

Em alguns dias, a neve se foi, e a primavera retornou. O vento da pradaria trazia o cheiro de terra molhada e grama nova, o sol se levantava cada dia mais cedo, e ouvia-se o dia todo o ruído dos pássaros no céu azul. Laura os via voando alto, bando após bando, escuros e pequenos no ar cintilante.

Eles não se reuniam mais no lago. Só alguns bandos cansados paravam no charco depois de o sol se pôr e voltavam ao céu antes que o sol se levantasse. Pássaros selvagens não gostavam de cidades cheias de gente, tampouco Laura gostava.

Eu preferiria estar na pradaria, ela pensou, *com as gramíneas, os pássaros e a rabeca de Pa. E até mesmo com os lobos! Eu preferiria estar em qualquer outro lugar que não nesta cidade enlameada, cheia e barulhenta, povoada por gente estranha.* Então Laura perguntou:

– Quando vamos nos mudar para nossa propriedade, Pa?

– Assim que eu vender esta loja – disse ele.

Mais e mais carroças chegavam todos os dias. Dava para vê-las pela janela, passando pela rua enlameada. O dia todo, ouvia-se barulho de martelos, botas e vozes. Trabalhadores nivelavam o aterro da ferrovia, carroceiros descarregavam dormentes e trilhos de aço. À noite, bebiam e falavam alto nos *saloons*.

Carrie gostava da cidade. Passava horas olhando pelas janelas, e queria sair para ver tudo. Às vezes, Ma deixava que ela atravessasse a rua para visitar as duas meninas que moravam do outro lado, embora fosse mais frequente que as meninas as visitassem. Ma não gostava de perder Carrie de vista.

– Você anda tão agitada que está me dando nos nervos, Laura – Ma disse um dia. – Se vai lecionar na escola mais para a frente, por que não começa agora? Não gostaria de ensinar Carrie, Louizy e Annie todos os dias? Seria bom para todos, porque Carrie ficaria sossegada em casa.

Laura não gostou da ideia. Não queria fazer aquilo. Mas disse, obediente:
– Sim, Ma.

Não custava tentar. Na manhã seguinte, quando Louizy e Annie chegaram para brincar com Carrie, Laura disse a elas que teriam aula. Fez com que as meninas se sentassem em fileira e lhes passou uma lição do velho livro de Ma.

– Estudem por quinze minutos – Laura disse. – Depois quero que recitem.

As meninas arregalaram os olhos para ela, mas não disseram nada. Baixaram a cabeça e estudaram, com Laura sentada à sua frente. Quinze minutos nunca demoraram tanto a passar. Depois, Laura as ajudou a soletrar e ensinou um pouco de aritmética. Sempre que as meninas se inquietavam, Laura mandava que sossegassem. Ela também exigia que levantassem a mão para pedir permissão para falar.

– Tenho certeza de que todas se saíram muito bem – Ma disse, com um sorriso aprovador, quando a hora do almoço finalmente chegou. – Podem vir todas as manhãs para ter aula com Laura. Digam à mãe de vocês que atravessarei a rua para contar sobre nossa escolinha nesta tarde.

– Sim, senhora – Louizy e Annie responderam apenas. – Adeus, senhora.

– Com diligência e perseverança, Laura, acho que você poderia ser uma professora muito boa – Ma a elogiou.

– Obrigada, Ma – Laura disse. *Se vou ser uma professora, é melhor me esforçar para ser boa nisso*, ela pensou.

A cada manhã, Annie, que tinha cabelo castanho, e Louizy, que era ruiva, mostravam-se mais relutantes; a cada dia, ficava mais difícil ensiná-las. As duas se inquietavam tanto que Laura se desesperava tentando sossegá-las. Parecia incapaz de fazê-las estudar. Um dia, as meninas simplesmente não apareceram.

– Talvez sejam novas demais para dar valor à escola, mas a mãe delas me surpreende – disse Ma.

– Não deixe que a desencorajem, Laura – Mary disse. – De uma maneira ou de outra, você foi a primeira professora de De Smet.

– Estou bem – Laura disse, animada. Sentia-se tão feliz por não precisar mais ensinar as meninas que começou a cantar enquanto varria o chão.

Carrie, que estava à janela, gritou:

– Veja, Laura! Tem alguma coisa acontecendo! Talvez tenha sido por isso que elas não vieram.

Havia uma multidão reunida diante do hotel. Mais e mais homens chegavam de todas as direções, falando alto e animados. Laura se lembrou de quando Pa fora ameaçado no dia de pagamento. Em um minuto, ela o viu passando por entre as pessoas para voltar para casa.

Ele parecia muito sério ao entrar.

– O que acha de se mudar para a propriedade agora mesmo, Caroline?

– Hoje? – Ma perguntou.

– Depois de amanhã – disse Pa. – Vou precisar desse tempo para construir uma cabana.

– Sente-se e me diga qual é o problema, Charles – Ma disse, baixo.

Pa se sentou.

– Houve um assassinato.

Ma arregalou os olhos e perdeu o fôlego.

– Aqui? – ela perguntou.

– Ao sul. – Pa se levantou. – Um homem matou Hunter para ficar com a propriedade dele. Hunter trabalhou no aterro. Voltou para casa ontem, com o pai. Quando chegaram à cabana, um desconhecido abriu a porta. Hunter perguntou o que estava fazendo ali, e o homem o matou com um tiro. Também tentou atirar no pai de Hunter, que fugiu com a carroça.

Os dois não estavam armados. O pai de Hunter foi até Mitchell e voltou com a polícia hoje de manhã para prender o homem. Prender! – Pa disse, furioso. – A forca seria pouco para ele. Se soubéssemos...

– Charles – Ma disse.

– Bem, acho melhor irmos para nosso terreno antes que alguém se aproprie dele – Pa disse.

– Também acho – Ma concordou. – Vamos para lá assim que você conseguir construir algum abrigo.

– Prepare alguma coisa que eu possa levar para comer depois, e começarei imediatamente – Pa pediu. – Vou buscar madeira e alguém que possa me ajudar a fazer tudo em uma tarde. A mudança será amanhã.

Dia de mudança

– Acorde, dorminhoca! – Laura cantarolou. Com as duas mãos, ela rolou Carrie de um lado para o outro sob as cobertas. – É dia de mudança! Levante logo, vamos para nossa propriedade!

Todos tomaram café da manhã rapidamente, sem perder tempo conversando. Laura lavou a louça, e Carrie secou tudo enquanto Ma fechava a última caixa e Pa arreava os cavalos. Para Laura, era o dia de mudança mais feliz de todos. Ma e Mary estavam felizes porque ali se encerrariam as viagens: iam se assentar em sua nova propriedade e nunca mais sair de lá. Carrie estava feliz porque queria ver o novo terreno. Laura estava feliz porque deixariam a cidade. Pa estava feliz porque gostava de se mudar. E Grace cantava e gritava feliz porque estavam todos felizes.

Assim que a louça foi enxugada, Ma guardou tudo na bacia para não quebrar no caminho. Pa colocou o baú, as caixas e os pratos na carroça. Ma o ajudou a desencaixar o fogão da chaminé. Pa posicionou a mesa e as cadeiras por cima de tudo, olhou para a carroça e coçou a barba.

– Vou ter que fazer duas viagens para que caibamos também – ele disse. – Prepare o restante das coisas. Volto logo.

– Mas você não vai conseguir descarregar o fogão sozinho – Ma apontou.

– Dou um jeito – Pa disse. – Tudo o que sobe tem de descer. Posso improvisar uma rampa. Há tábuas de madeira lá.

Ele subiu na carroça e foi embora. Ma e Laura enrolaram bem as roupas de cama. Desmontaram a cama grande de Ma e as duas menores que Pa havia comprado na cidade. Guardaram as lamparinas com todo o cuidado em uma caixa, que não poderia ser virada para não derramar o querosene, depois encheram as mangas das lamparinas de papel, embrulharam com toalhas e colocaram junto. Antes mesmo que Pa voltasse, estava tudo pronto e à espera.

Ele colocou as camas e as caixas na carroça, com os rolos de roupas de cama entre elas. Laura lhe entregou o estojo da rabeca, que Pa enfiou com cuidado entre as colchas. Por cima de tudo, foi a estante de canto, apoiada na parte de trás, para não arranhar. Por último, Pa amarrou Ellen atrás da carroça.

– Agora suba, Caroline! – Ele ajudou Ma a passar por cima da roda da carroça para chegar ao assento. – Pegue! – Pa passou Grace para o colo de Ma. – Agora você, Mary – ele disse, gentil, e a ajudou a se sentar na tábua que ficava logo atrás do assento da frente, enquanto Laura e Carrie subiam sozinhas e se colocavam cada uma de um lado dela.

– Logo, logo estaremos em casa – disse Pa.

– Por favor, Laura, coloque a touca na cabeça! – Ma exclamou. – Esse vento vai acabar com a sua pele.

Ela puxou ainda mais a touquinha de Grace para proteger sua pele clara e macia. O rosto de Mary já estava bem protegido pela touca, assim como o de Ma, claro.

Devagar, Laura puxou sua touca, que estava dependurada a suas costas, pelo laço. Quando passaram por suas faces, as laterais da aba bloquearam sua vista. Daquele túnel, Laura via apenas a pradaria verde e o céu azul.

Ela continuou olhando adiante enquanto se segurava à parte de trás do assento da frente e aguentava os sacolejos da carroça que passava pelos sulcos de lama que o vento havia secado. Enquanto olhava, surgiram em meio ao verde e azul ensolarado dois cavalos castanhos com crina e cauda pretas esvoaçando, que trotavam lado a lado. O flanco e os ombros castanhos de ambos brilhavam ao sol, suas pernas esguias pisavam delicadamente, seu pescoço se mantinha arqueado, e suas orelhas, erguidas. Eles jogavam a cabeça para trás ao passar, orgulhosos.

– Ah, que cavalos mais lindos! – Laura exclamou. – Veja, Pa! Veja!

Laura virou a cabeça para olhá-los pelo máximo de tempo possível. Os cavalos puxavam uma carroça de passeio. Um jovem a conduzia, acompanhado de um homem alto que mantinha a mão em seu ombro. Em pouco tempo, as costas dos homens e as carroças impediam que Laura visse os cavalos.

Pa tinha se virado no assento para olhar para os dois.

– São os Wilders – ele disse. – Quem estava conduzindo era Almanzo, e o outro era seu irmão, Royal. As propriedades deles ficam ao norte da cidade, e eles têm os melhores cavalos de toda a região. É difícil ver uma parelha assim.

Laura queria aqueles cavalos de todo o coração, mas concluiu que nunca seriam dela.

Pa dirigia para o sul através da pradaria verde, descendo ligeiramente em direção ao Grande Charco. Gramíneas ásperas e grosseiras enchiam a cavidade do charco. Uma garça batia suas asas sobre uma poça de água, com as pernas compridas balançando no ar.

– Quanto custam, Pa? – Laura perguntou.

– O quê, canequinha? – disse Pa.

– Cavalos como aqueles.

– Uma parelha como aquela deve custar no mínimo duzentos e cinquenta dólares, talvez trezentos – disse Pa. – Por quê?

– Por nada. Só estava pensando – Laura respondeu.

Trezentos dólares era tanto dinheiro que ela nem conseguia imaginar. Só gente rica podia pagar aquele preço por cavalos. Laura achava que, se um dia ficasse rica, compraria dois cavalos castanhos com crina e cauda pretas. Ela deixou o vento derrubar sua touca enquanto pensava em montar cavalos rápidos como aqueles.

A oeste e ao sul, o Grande Charco se alargava e estendia. Do outro lado da carroça, corria estreito e pantanoso até a ponta estreita do lago. Pa atravessou nessa parte, depressa, e saiu no terreno mais alto do outro lado.

– Pronto! – ele disse.

A pequena cabana brilhava nova sob o sol. Parecia um brinquedo amarelo na grande pradaria coberta de grama verde.

Ma riu enquanto Pa a ajudava a descer da carroça.

– Parece um depósito de madeira dividido ao meio.

– Você está errada, Caroline – Pa disse a ela. – É metade de uma casinha ainda por acabar. Vamos acabá-la agora e construir a outra metade em breve.

A casinha tinha meio telhado inclinado e fora construída de tábuas de madeira com fendas entre elas. Não tinha janelas ou porta, mas tinha piso. E um alçapão que dava para um porão.

– Só tive tempo de fazer o porão e subir essas paredes ontem – disse Pa. – Mas agora estamos aqui, e ninguém vai ficar com nosso terreno. Logo aprontarei tudo para você, Caroline.

– Fico feliz de estar em casa, Charles – disse Ma.

Antes que o sol se pusesse, já tinham se acomodado naquela casinha engraçada. O fogão tinha sido instalado, as camas estavam feitas, e a cortina fora pendurada para transformar um cômodo maior em dois menores. O jantar fora feito e comido, a louça estava lavada, e a escuridão caía suavemente sobre a pradaria. Ninguém queria acender a lamparina, de tão bonita que aquela noite de primavera estava.

Ma ficou se balançando lentamente à entrada sem porta, com Grace no colo e Carrie a seu lado. Mary e Laura estavam sentadas juntas na soleira. Pa estava sentado do lado de fora, em uma cadeira na grama. Ninguém conversava. Ficaram sentados ali, só observando, enquanto as estrelas surgiam uma a uma e os sapos coaxavam no Grande Charco.

Um vento leve soprava. A escuridão parecia aveludada, tranquila e segura. Por todo aquele céu enorme, as estrelas brilhavam felizes.

Então Pa disse, calmo:

– Acho que é hora da música, Laura.

Ela foi buscar o estojo da rabeca, que estava guardada debaixo da cama de Ma. Pa pegou o instrumento de seu ninho e o afinou com todo o carinho. Então todos cantaram para a lua e as estrelas:

Ah, não se preocupe demais,
Chorar nenhum bem faz.
Se hoje tudo deu errado,
Amanhã o dia é renovado.

Ah, não se preocupe demais,
O seu melhor todo homem faz.
Por isso, nunca tema:
Que mãos à obra seja seu lema.

– Vou colocar meu bibelô assim que o teto estiver terminado – Ma disse.

A rabeca de Pa respondeu com notas que pareciam água correndo ao sol para formar uma poça. A lua surgia. Uma luz cremosa se esgueirava no céu, e as estrelas derretiam nela. Frio e prateado, o luar pairava sobre a extensão vasta e escura. Pa começou a cantar suavemente com a rabeca:

Quando as estrelas brilham forte,
O vento uivante se encontra parado
E a campina é uma sombra sem fim,
Há uma vela acesa ao norte.
Em um chalé na colina encostado,
Um farol que existe só para mim.

A cabana na propriedade

– A primeira coisa a fazer é cavar um poço – Pa disse na manhã seguinte. Com a pá no ombro, ele saiu assoviando na direção do charco, enquanto Laura tirava a mesa do café da manhã e Ma arregaçava as mangas.

– Muito bem, meninas – ela disse, animada. – Com boa vontade, todas juntas deixaremos tudo ajeitado.

Até mesmo Ma se atrapalhou um pouco naquela manhã. A pequena cabana estava tão cheia quanto possível. Tudo precisava ser cuidadosamente posicionado para caber. Laura, Carrie e Ma empurravam os móveis para lá e para cá, observavam e refletiam, depois tentavam de novo. A cadeira de balanço de Mary e a mesa continuavam do lado de fora da casa quando Pa voltou.

– Bem, Caroline, o poço já foi cavado – ele cantarolou. – A quase dois metros de profundidade, a água é boa e fresca. Agora é só construir uma barreira para Grace não cair e pronto. – Ele olhou para a bagunça na casa e afastou o chapéu para coçar a cabeça. – Não conseguem encaixar tudo?

– Vamos conseguir, Charles – disse Ma. – Querer é poder.

Foi Laura quem bolou uma maneira de fazer as camas caberem. O problema era que agora tinha três. Quando ficavam lado a lado, não sobrava espaço para a cadeira de balanço de Mary. Laura pensou e sugeriu posicionar as camas menores juntas no canto, aos pés da cama maior, cuja cabeceira ficaria encostada na outra parede.

– Depois penduramos uma cortina em volta das nossas camas – ela disse a Ma – e outra ao lado da sua. A cadeira de balanço de Ma pode ficar encostada na cortina da sua cama.

– Que menina esperta! – disse Ma.

A mesa ficou ao pé da cama de Laura e Mary, sob a janela que Pa estava abrindo na parede. A cadeira de balanço de Ma foi colocada ao lado da mesa, perto da estante de canto, que ficaria atrás da porta. No outro canto ficaria o fogão, com o armário feito de caixas atrás. O baú ficaria encaixado entre o fogão e a cadeira de balanço de Mary.

– Pronto! – disse Ma. – As caixas podem ficar embaixo das camas. Está perfeito assim!

No almoço, Pa disse:

– Antes do fim do dia, vou terminar esta metade da casa.

E ele terminou mesmo. Abriu uma janela ao lado do fogão, que dava para o sul. Instalou uma porta comprada na cidade. E envolveu a parte externa da cabana com papel de alcatrão preso a ripas.

Laura o ajudou a desenrolar o papel preto e largo que cheirava a piche sobre o telhado inclinado e as paredes de tábuas de pinheiro. Também ajudou Pa a cortá-lo e o segurou para que não voasse enquanto ele o prendia às ripas com pregos. Papel de alcatrão não era bonito, mas impedia o vento de entrar pelas frestas.

– Foi um bom dia de trabalho – Pa disse quando eles se sentaram para jantar.

– Sim – disse Ma. – Amanhã vamos terminar de desencaixotar nossas coisas e finalmente estaremos instalados. Vou fazer um pão amanhã. É uma bênção podermos comprar fermento de novo. Nunca mais quero ver um biscoito de massa azeda.

– Seu pão é ótimo, mas seus biscoitos de massa azeda são maravilhosos – Pa disse a ela. – Só que não teremos nem um nem outro se eu não arranjar algo para fazer fogo. Amanhã vou cortar lenha no lago Henry.

– Posso ir junto, Pa? – Laura perguntou.

– Posso ir também? – Carrie implorou.

– Não, meninas – disse Pa. – Vou passar bastante tempo fora, e Ma precisa da ajuda de vocês.

– Eu queria ver as árvores – Carrie explicou.

– Não a culpo – disse Ma. – Eu mesma gostaria de ver árvores outra vez. Seria um descanso para meus olhos, com toda essa pradaria sem uma árvore sequer. Não se vê nem mesmo um arbusto aqui.

– Logo toda essa região estará repleta de árvores – Pa disse. – Não se esqueça de que o Tio Sam está cuidando disso. Há um espaço reservado para árvores em cada seção do assentamento, e cada lote precisa ter dez acres delas. Em quatro ou cinco anos, veremos árvores onde quer que olhemos.

– Nem vou saber para onde olhar quando isso acontecer. – Ma sorriu. – Não há nada mais agradável que a sombra de um pomar no verão. E as árvores também seguram o vento.

– Bem, isso eu não sei – disse Pa. – As árvores se espalham, e você se lembra de como era na Grande Floresta de Wisconsin, onde tínhamos de arrancá-las e acabávamos com as costas, trabalhando para abrir espaço para o plantio. Para um fazendeiro, bom mesmo é ter um campo assim aberto. Mas Tio Sam não parece pensar assim, portanto não se preocupe, Caroline: você vai ver árvores por toda essa região. Com sorte, vão cortar o vento e mudar o clima, como você diz.

Estavam todos cansados demais para cantar naquela noite. Pouco depois do jantar já foram dormir. Logo cedo no dia seguinte, Pa foi para o lago Henry.

Quando Laura levou Ellen para beber água do poço, parecia que o mundo todo havia despertado feliz naquele dia. Por toda a pradaria, as florzinhas brancas das cebolas selvagens dançavam ao vento. Descendo a pequena colina abaixo da cabana, flores amarelas e azuis se espalhavam pela grama nova. Por toda parte, as florzinhas roxas das vinagreiras se exibiam sobre as folhas elegantes em forma de trevo. Laura se inclinou para pegar algumas enquanto caminhava e mordiscou devagar as hastes e as pétalas refrescantes e azedinhas.

Do gramado onde prendeu Ellen para pastar, Laura podia ver a cidade ao norte. O Grande Charco se curvava no meio e seguia para sudoeste, cobrindo acres e acres com suas gramíneas altas. Todo o resto da enorme pradaria era um tapete verde e florido.

Embora já fosse crescida, Laura abriu bem os braços e correu contra o vento. Ela se jogou no chão e rolou como um potro. Ficou deitada ali, na grama, olhando para o vasto azul mais acima e as nuvens peroladas se deslocando. Estava tão feliz que lágrimas se acumularam em seus olhos.

De repente, Laura pensou: *E se eu tiver manchado meu vestido?* Ela se levantou e procurou, ansiosa. Havia mesmo uma mancha verde no tecido. Laura ficou séria, porque sabia que deveria estar ajudando Ma, então voltou correndo para a cabana coberta de papel de alcatrão.

– Parece um tigre – ela disse a Ma.

– O quê, Laura? – Ma perguntou, sobressaltada. Estava guardando seus livros nas prateleiras de baixo da estante de canto.

– Esta cabana – Laura explicou. – Com o papel de alcatrão e as ripas amarelas.

– Tigres são amarelos com listras pretas – Mary apontou.

– Bem abram suas caixas, meninas – disse Ma. – Vamos colocar tudo o que temos de bonito nas prateleiras mais altas.

Na prateleira acima dos livros, havia espaço para as caixinhas de vidro de Mary, Laura e Carrie. Cada uma tinha flores congeladas na lateral e coloridas na tampa. As três deixaram a prateleira alegre e viva.

Ma colocou o relógio na quarta prateleira. A caixa de madeira marrom entalhada envolvia o mostruário redondo, e atrás do vidro com flores pintadas ficava o pêndulo de latão, que ia e voltava, tique-taque, tique-taque.

Na prateleira acima do relógio, que era a menor, Laura colocou sua caixinha de joias de porcelana com a xícara e o pires dourado em cima, e Carrie, seu cachorrinho de porcelana marrom e branco.

– Ficou bem bonito – Ma aprovou. – Com a porta fechada, a estante de canto deixa a sala muito mais bonita. Agora minha pastorinha. – Ma deu uma olhada rápida e exclamou: – Misericórdia! Meu pão já cresceu assim?

A massa já estava levantando a tampa da panela. Ma enfarinhou rapidamente a tábua para sová-la. Depois, ela fez o almoço. Estava colocando os biscoitos no forno quando Pa apareceu subindo a colina. A carroça estava carregada de galhos que seriam usados no fogão, porque não havia árvores de verdade no lago Henry.

– Olá, canequinha! O almoço pode esperar, Caroline! – ele gritou. – Trouxe algo para mostrar a vocês assim que prender os cavalos.

Ele soltou os cavalos rapidamente e jogou os arreios na lingueta da carroça. Prendeu-os e voltou correndo para levantar uma manta que estava esticada na parte de trás.

– Aqui está, Caroline! – Pa disse, animado. – Cobri para que não secasse ao vento.

– O quê, Charles?

Ma e Laura esticaram o pescoço para enxergar lá dentro. Carrie subiu na roda da carroça.

– Árvores! – Ma exclamou.

– Arvorezinhas! – Laura gritou. – Mary! Pa trouxe arvorezinhas!

– São choupos – Pa disse. – Vieram das sementes da Árvore Solitária que vimos na pradaria quando saíamos de Brookings. De perto, é gigantesca. Peguei o bastante dessas mudas para fazer um quebra-vento em volta da cabana. Você vai ter suas árvores, Caroline, assim que eu conseguir replantá-las. – Ele tirou a pá da carroça e disse: – A primeira é sua. Escolha e me diga onde colocar.

– Só um minuto – Ma falou. Ela correu até o fogão para fechar a passagem de ar e passar a panela com as batatas para trás. Depois voltou para escolher sua árvore. – Quero que fique perto da porta.

Com a pá, ele desenhou um quadrado na grama e a levantou, depois abriu um buraco e revolveu o solo até ficar fino e quebradiço. Então ergueu a arvorezinha e a carregou com cuidado para não perder a terra que envolvia as raízes.

– Mantenha a parte de cima reta, Caroline – Pa disse. Ma fez como ele pediu, enquanto com a pá ele despejava terra sobre as raízes até que o buraco estivesse preenchido. Depois, Pa pressionou bem a terra e recuou. – Agora você já tem uma árvore para a qual olhar, Caroline. Sua própria árvore. Vamos regar cada uma delas depois do almoço. Mas, primeiro, teremos de replantá-las. Venha, Mary, você é a próxima a escolher.

Pa abriu outro buraco ao lado do primeiro. Pegou outra árvore da carroça, e Mary a segurou reta com todo o cuidado enquanto ele a plantava. Aquela era a árvore de Mary.

– Agora é você, Laura – Pa disse. – Vamos fazer um quebra-vento quadrado em volta da casa. A árvore de Ma e a minha vão ficar à porta, e haverá uma árvore para cada uma de vocês ao lado das nossas.

Laura segurou sua árvore enquanto Pa a replantava. Depois Carrie segurou a dela. Ao fim, quatro arvorezinhas se erguiam de quadrados de terra escura.

– Agora é a vez de Grace – disse Pa. – Onde ela está? Caroline, traga Grace para plantarmos a árvore dela.

Ma se virou para eles.

– Ela está aí fora com vocês, Charles.

– Grace deve estar atrás da casa. Vou atrás dela – Carrie disse. – Grace! – ela gritou, e saiu correndo. Em um minuto, ressurgiu do outro lado da cabana, com os olhos arregalados e tão assustada que parecia que suas sardas se destacavam do rosto pálido. – Não consegui encontrar Grace, Pa!

– Ela deve estar por aqui – Ma disse. – Grace! Grace!

– Grace! – Pa gritou também!

– Não fiquem aí! Vão procurar por ela, Carrie, Laura! – De repente, Ma exclamou: – O poço!

Ma saiu correndo na direção dele.

Mas o poço estava coberto, de modo que Grace não podia ter caído nele.

– Ela não pode ter se perdido – Pa disse.

– Eu a deixei aqui fora. Achei que estivesse com vocês – disse Ma.

– Ela não pode ter se perdido – Pa repetiu. – Não a perdi de vista por um minuto. Grace! Grace!

Laura subiu a colina correndo e ofegando. Não viu Grace em lugar nenhum. Seus olhos procuraram em todo o Grande Charco, no lago, na pradaria florida, depressa, repetidas vezes, mas não encontraram nada além de flores e gramíneas.

– Grace! Grace! – Laura gritava. – Grace!

Pa a encontrou quando descia. Ma apareceu, sem fôlego.

– Tem de dar para vê-la daqui – Pa disse a Laura. – Ela deve ter passado despercebida a você. Não pode... – De repente, ele exclamou, assustado: – O Grande Charco!

Então se virou e saiu correndo.

Ma correu atrás dele, gritando:

– Fique com Mary, Carrie! Laura, vá procurar por ela!

Mary ficou à porta da cabana, gritando:

– Grace! Grace!

Os gritos de Pa e Ma chegavam vagos do Grande Charco:

– Grace! Onde você está? Grace!

Se Grace tivesse mesmo se perdido no Grande Charco, conseguiriam encontrá-la? As gramíneas mortas passavam da cabeça de Laura e se estendiam por acres e acres, quilômetros e quilômetros. A lama profunda puxava os pés descalços, e ainda havia os buracos cheios de água. De onde estava, Laura ouvia o vento agitando as gramíneas, um som abafado que quase sufocava os gritos estridentes de Ma:

– Grace!

– Por que não vai procurar por ela? – Carrie perguntou a Laura. – Não fique aí parada! Faça alguma coisa! Ou eu vou!

– Ma disse para você ficar com Mary – Laura falou. – Então fique.

– E ela lhe disse para ir atrás de Grace! – Carrie gritou. – Então vá! Vá! Grace! Grace!

– Cale a boca! Me deixe pensar! – Laura gritou, então saiu correndo pela pradaria ensolarada.

Onde as violetas crescem

Laura correu na direção sul. A grama batia levemente contra seus pés descalços. Borboletas voavam acima das flores. Não havia nenhum arbusto ou moita atrás dos quais Grace poderia estar escondida. Não havia nada, nada além da graminha e das flores balançando ao sol.

Se ela era pequena e estava brincando sozinha, Laura pensou, não iria na direção do Grande Charco, que era escuro. Não ia se meter na lama, entre as gramíneas altas. *Ah, Grace, por que não fiquei de olho em você?*, Laura pensou. *Minha irmãzinha indefesa.*

– Grace! Grace! – Laura gritou, com dificuldade de respirar.

Ela correu e correu. *Grace deve ter vindo por aqui. Talvez atrás de uma borboleta. Não deve ter entrado no Grande Charco! Ela não subiu a colina, não a encontrei lá. Ah, irmãzinha, não vi você em lugar nenhum a leste ou sul desta pradaria odiosa.*

– Grace!

Aquela pradaria ensolarada e tenebrosa era imensa. Nunca poderiam encontrar um bebê perdido nela. Os gritos de Ma e Pa continuavam chegando do Grande Charco. Gritos agudos, que se perdiam no vento e na enormidade da pradaria.

Respirar provocava uma dor abaixo das laterais das costelas de Laura. Seu peito estava comprido, e ela se sentia meio tonta. Laura subiu correndo uma leve colina. Nada, nada, nem uma única sombra em qualquer parte da pradaria ao seu redor. Ela continuou correndo. De repente, um barranco surgiu à sua frente, e ela quase caiu.

Grace estava ali. Sentada em um mar de azul. O sol brilhava em seus cabelos dourados, que sopravam ao vento. Os olhos grandes e azuis como violetas de Grace encontraram Laura. Suas mãos estavam cheias de violetas de verdade. Ela as mostrou à irmã e disse:

– Doce! Doce!

Laura correu e pegou Grace. Abraçou-a e procurou respirar. Grace se debruçou por cima do braço dela para pegar mais violetas. As duas estavam cercadas por violetas em flor. Elas cobriam o fundo da enorme depressão. Parecia ser um lago de violetas, cujas margens gramadas se erguiam até a altura da pradaria. Ali, naquela piscina redonda, o vento mal perturbava o aroma das flores. O sol estava quente, o céu se estendia acima, as paredes verdes se curvavam em volta, e borboletas esvoaçavam sobre as flores bem próximas.

Laura se levantou e pôs Grace de pé. Pegou as violetas que a menina lhe dera e segurou sua mão.

– Venha, Grace – ela disse. – Temos que ir para casa.

Laura deu uma olhada em volta enquanto ajudava Grace a subir de volta.

Grace andava tão devagar que por um tempo Laura a levou no colo. Depois deixou que ela andasse, porque tinha quase três anos e era pesada. Então voltou a pegá-la. Andando com todo o cuidado com Grace no colo, Laura chegou à cabana e a entregou a Mary.

Então correu na direção do Grande Charco, gritando:

– Pa! Ma! Ela está aqui!

Laura continuou gritando até que Pa a ouvisse e gritasse para Ma a distância, em meio às gramíneas altas. Devagar, eles saíram juntos do Grande Charco e se arrastaram de volta à cabana, enlameados, cansados e agradecidos.

– Onde foi que você a encontrou, Laura? – Ma perguntou, pegando Grace nos braços e afundando na cadeira.

– Em um... – Laura hesitou. – Pa, podia ser um círculo de fadas? Era perfeitamente redondo. O fundo era perfeitamente plano. As margens tinham a mesma altura em toda a volta. Não se vê nem sinal do lugar até chegar à beirada. É bem grande, e todo o fundo é coberto de violetas. Um lugar desse tipo não pode se formar por acaso, Pa. Alguém deve ter feito.

– Você está velha demais para acreditar em fadas, Laura – Ma disse, gentil. – Charles, não encoraje esse tipo de fantasia.

– Mas não... não parecia um lugar real, de verdade – Laura protestou. – E sinta só o cheiro doce dessas violetas. Não parecem violetas comuns.

– O aroma delas está se espalhando pela casa inteira – Ma admitiu. – Mas são violetas de verdade, e fadas não existem.

– Você tem razão, Laura. Não foram humanos que fizeram aquele lugar – Pa disse. – Mas suas fadas eram grandes, feias e brutas, com chifres na cabeça e calombos nas costas. A depressão que você viu foi formada por búfalos. Você sabe que são como gado selvagem. E, como gado, eles pisoteiam a terra e chafurdam nela.

"Manadas de búfalos levaram anos para formar essas depressões. O vento levava embora a poeira que uma manada levantava ao pisotear a terra. Depois, outra manada vinha e fazia o mesmo no mesmo lugar. As manadas sempre iam aos mesmos lugares e..."

– Por que isso, Pa? – Laura perguntou.

– Não sei – Pa disse. – Talvez porque a terra já estivesse amaciada. Mas agora os búfalos se foram, e há grama nesses lugares. Grama e violetas.

– Bem está o que bem acaba – disse Ma –, e já passou da hora do almoço. Espero que você e Carrie não tenham deixado os biscoitos queimarem, Mary.

– Não, Ma – Mary disse, e Carrie mostrou a ela os biscoitos enrolados em um pano limpo para ficarem quentinhos e as batatas escorridas na panela.

– Fique aí sentada e descanse, Ma – Laura disse. – Eu frito o porco e faço o molho.

Grace era a única com fome. Eles comeram devagar, depois Pa terminou o quebra-vento. Ma ajudou Grace a segurar sua arvorezinha enquanto Pa a replantava. Quando todas as mudas estavam no lugar, Carrie e Laura pegaram um balde cheio do poço cada uma. Quando terminaram, já era hora de começar a preparar o jantar.

– Bem – Pa disse, sentado à mesa –, estamos finalmente estabelecidos em nossa propriedade.

– Sim – disse Ma. – Falta só uma coisa. Misericórdia, que dia foi esse! Nem tive tempo de pregar minha prateleirinha.

– Eu cuido disso, Caroline, assim que tomar meu chá – Pa disse.

Ele pegou o martelo da caixa de ferramentas que ficava debaixo da cama e fincou um prego na parede, entre a mesa e a estante de canto.

– Agora traga sua prateleirinha e o bibelô – Pa disse a Ma.

Ela fez como pedido. Pa pendurou a prateleirinha e colocou a pastorinha nela. Seus sapatinhos de porcelana, seu corpinho de porcelana e seu cabelo dourado continuavam tão brilhantes quanto muito tempo antes, na Grande Floresta. Sua saia de porcelana continuava branca e rodada. Suas faces continuavam rosadas, e seus olhos, azuis e doces. A prateleirinha que Pa fez de presente de Natal para Ma, tantos anos atrás, continuava sem nenhum arranhão e ainda mais bem polida do que quando fora feita.

Pa pendurou as espingardas acima da porta e, acima delas, uma ferradura nova e brilhante.

– Bem – ele disse, olhando em volta, para a cabana apertada –, quanto menor, menos trabalho dá. Nunca moramos em um espaço tão pequeno, Caroline, mas é apenas o começo. – Os olhos de Ma sorriram para ele, que disse para Laura: – Posso cantar uma música sobre essa ferradura.

Laura foi buscar o estojo da rabeca. Pa se sentou à porta para afinar o instrumento. Ma se ajeitou na cadeira de balanço para fazer Grace dormir. Laura lavou a louça, e Carrie a enxugou enquanto Pa tocava a rabeca e cantava.

> *Nossa vida é bastante plena*
> *E tentamos viver em harmonia.*
> *Nos distanciamos de problemas*
> *E ficamos felizes com companhia.*

Nosso lar é feliz e animado.
O que acontece não importa.
A razão pela qual prosperamos
É a ferradura em cima da porta.

Vai te trazer muita, muita sorte
Ter uma ferradura em cima da porta!
Para ser feliz e livre de preocupações,
Tenha uma ferradura em cima da porta!

– Essa música me parece pagã demais, Charles – Ma disse.

– De qualquer maneira – Pa disse –, eu não me surpreenderia se nos saíssemos muito bem aqui, Caroline. Com o tempo, vamos adicionar cômodos a esta casa, e talvez até comprar mais cavalos e uma carroça de passeio. Não vou arar muita terra. Vamos ter um jardim e um campo pequeno, mas principalmente produzir feno e criar gado. Se havia tantos búfalos aqui, deve ser um bom lugar para o gado.

Laura terminou a louça e levou a bacia a certa distância da porta dos fundos para descartar a água na grama, que no dia seguinte o sol secaria. As primeiras estrelas despontavam no céu claro. Algumas luzes amarelas brilhavam na cidadezinha, mas de modo geral a terra estava na sombra. Quase não havia vento: o ar se movia devagar e sussurrava contra as gramíneas. Laura quase conseguia entender o que dizia. A água, o céu e o vento eram solitários, selvagens e eternos.

Os búfalos se foram, Laura pensou. *E agora temos uma propriedade.*

Mosquitos

– Temos de construir um estábulo para os cavalos – disse Pa. – Nem sempre estará assim quente para que eles fiquem ao ar livre. E mesmo no verão pode cair uma tempestade. Eles precisam de abrigo.

– Para Ellen também, Pa? – Laura perguntou.

– O gado fica melhor ao ar livre no verão, mas gosto de deixar os cavalos no estábulo à noite.

Laura segurava as tábuas para Pa. Passava-lhe as ferramentas e os pregos enquanto ele construía o estábulo, a oeste da casa, ao pé da pequena colina. Ficaria protegido ali quando os ventos frios do inverno soprassem.

Os dias andavam quentes. Mosquitos chegavam do Grande Charco ao pôr do sol e zumbiam sua música alta e ávida a noite toda, rondando, mordendo e chupando o sangue de Ellen, até que ela começou a correr tanto quanto sua corda permitia. Eles entravam no estábulo e mordiam os cavalos até eles puxarem o cabresto e pisarem no lugar. Entravam na cabana e mordiam todo mundo até que feridas surgissem nos rostos e nas mãos.

Seu zumbido e suas mordidas tornavam a noite um tormento.

– Não pode continuar assim – Pa disse. – Precisamos de mosquiteiros nas janelas e na porta.

– É o Grande Charco – Ma reclamou. – Os mosquitos vêm de lá. Queria que estivéssemos mais longe dele.

Mas Pa gostava do Grande Charco.

– Há acres e acres de feno por lá, que qualquer um pode cortar – ele disse a Ma. – Ninguém nunca vai reivindicar o terreno do Grande Charco. Temos apenas feno de terra firme em nossa propriedade, mas, com o Grande Charco por perto, temos todo o feno do mundo à nossa disposição.

"Além do mais, a pradaria toda é infestada de mosquitos. Vou à cidade amanhã para comprar tela."

Pa trouxe metros de mosquiteiro cor-de-rosa da cidade e ripas de madeira para fazer uma porta de tela.

Enquanto a fazia, Ma pregava o mosquiteiro nas janelas. Depois pregou na moldura da porta, e Pa a instalou.

Naquela noite, Pa juntou grama úmida e velha e tocou fogo nela, para que fumaça subisse diante da porta do estábulo e impedisse os mosquitos de entrar.

Ele fez o mesmo no pasto. Ellen se colocou sob a fumaça e não saiu mais de lá.

Pa se certificou de que não houvesse grama seca por perto e fez pilhas bem grandes para que o fogo durasse a noite toda.

– Pronto! – ele disse. – Acho que resolvemos o problema dos mosquitos.

As sombras da noite

Sam e David puderam descansar no estábulo, com a cortina de fumaça diante da porta. Ellen, por sua vez, ficou muito confortável sob a fumaça no pasto. Nenhum mosquito chegaria a eles.

Não havia mais nenhum sinal das pestes dentro da cabana. Elas não conseguiam atravessar as telas da porta e das janelas.

– Agora, sim, estamos bem acomodados em nossa propriedade – Pa disse. – Traga a rabeca, Laura. Um pouco de música vai cair bem!

Grace estava segura em sua caminha, com Carrie ao lado dela. Ma e Mary se balançavam levemente nas sombras. O luar entrava pela janela sul e tocava o rosto e as mãos de Pa, além da rabeca, enquanto o arco se movia suavemente sobre as cordas.

Laura se sentou perto de Mary e ficou olhando. Pensava em como o luar iluminaria a depressão onde as violetas cresciam. Era a noite perfeita para fadas aparecerem para dançar ali.

Pa cantava à rabeca:

>*Na cidade escarlate onde nasci,*
>*Morava uma linda donzela.*
>*Todos os jovens a olhavam.*
>*Barbara Allen era o nome dela.*

*No alegre mês de maio,
Quando a flor é mais bela,
Uma moça cativou Johnnie Grove.
Barbara Allen era o nome dela.*

Laura puxou a cortina, e ela e Mary se juntaram a Carrie e Grace no pequeno quarto.

Enquanto adormecia pensando em violetas, em círculos de fadas e no luar sobre aquela terra vasta onde ficava a propriedade deles, Pa e a rabeca continuavam cantando suavemente:

*Lar, doce lar!
Por mais humilde que seja,
Não há lugar como nosso lar.*